BAUM
HAUS

Weitere Titel des Autors:

Stinker

Über den Autor:

Raymond Bean träumte immer davon, Bücher zu schreiben. Geboren in Queens, New York, arbeitete er zunächst für Film- und Fernsehproduktionen, bevor er Grundschullehrer und Schriftsteller wurde. Er lebt mit seiner Frau und seinen Kindern in New York, geht gern fischen, schreibt und lacht, so viel er kann. Nach Stinker, seinem ersten Buch, wurde auch der Fortsetzungsband in den USA ein gefeierter Erfolg.

Raymond Bean

LECK MICH!

Aus dem Englischen von
Gerold Anrich und
Martina Instinsky-Anrich

Mit Bildern von
Frank Spong Plein

BAUM
HAUS

BAUMHAUS TASCHENBUCH
Band 0063

1. Auflage: August 2012

Für Stacy, Ethan und Chloe.
Aber auch für Baba, der alles für uns tun würde.

Dieser Titel ist auch als E-Book erschienen

Vollständige Taschenbuchausgabe

Baumhaus Taschenbuch in der Bastei Lübbe GmbH & Co. KG

Deutsche Erstausgabe

Für die Originalausgabe:
Published in the USA by Amazon Content Services LLC, 2010
Titel der englischsprachigen Originalausgabe:
»Sweet Farts – Rippin' it old-school«
Originalverlag: AmazonEncore.
Diese deutschsprachige Ausgabe wurde möglich
durch eine Lizenzvereinbarung mit
AmazonEncore unter Vermittlung der Agence Hoffman, München

Für die deutschsprachige Ausgabe:

Text- und Bildredaktion: Norbert Golluch/Harald Kiesel
Titelbild: © shutterstock/ra2 studio
Umschlaggestaltung: Geviert – Büro für Kommunikationsdesign, München
Satz: Helmut Schaffer Grafik, Hofheim
Gesetzt aus der DTL Documenta
Druck und Verarbeitung: CPI Ebner & Spiegel, Ulm
Printed in Germany
ISBN 978-3-8432-0063-9

Sie finden uns im Internet unter
www.baumhaus-verlag.de
Bitte beachten Sie auch www.luebbe.de

Inhalt

Vorwort

Völlig egal, wer du bist, aber du hast heute schon gefurzt. Ich weiß das, und du weißt es auch. Fürze sind die großen Gleichmacher. Könige, Königinnen, Präsidenten und Diktatoren furzen. In diesem Leben gibt es nur sehr wenig Dinge, die alle Menschen gemeinsam haben. Wir atmen, wir trinken, wir essen, wir kacken, wir pinkeln und ja … wir furzen. Jeder, der etwas anderes behauptet, sagt nicht die Wahrheit. Die Sonne geht jeden Morgen auf, die Erde dreht sich, und die Menschen furzen.

Genauer gesagt tun das die meisten Menschen zwölf bis achtzehn Mal am Tag. Das bedeutet, dass die menschliche Bevölkerung auf diesem Planeten an jedem Tag irgendwo zwischen 84 und 120 Milliarden Fürze ablässt! In Ziffern sind das 84.000.000.000 bis 120.000.000.000 Fürze pro Tag. Viel Erfolg dabei, wenn du das auf eine Woche, einen Monat oder ein Jahr hochrechnest.

Das Besondere am Furzen ist, dass es mit einer Menge Regeln verbunden ist. Je nachdem, wer du bist und wo auf der Erde du lebst, kann das Furzen eine sehr komplizierte Angelegenheit sein.

Es gibt Zeiten im Leben, da ist das Furzen in jeder Form unangebracht und inakzeptabel. Bei diesen Gelegenheiten reagieren die Menschen schockiert und beleidigt – zum Beispiel wenn jemand so einen richtig ekligen Kracher mitten in einer Hochzeitsfeierlichkeit abbläst! Das würde bestimmt von den anderen Hochzeitsgästen nicht gut aufgenommen. Sie würden total schockiert nach Luft schnappen und den Schuldigen für ein ungehobeltes Monster halten, völlig fehl am Platz auf so einer Feier.

Im Wesentlichen verbringen die Menschen ihr Leben damit zu versuchen, ihre Fürze zu unterdrücken. Sie halten sie zurück, wenn sie vor dem Bankschalter Schlange stehen, im Klassenzimmer sitzen oder mit anderen im Auto fahren. Doch wenn man alleine ist oder mit sehr vertrauten Leuten zusammen, ändern sich die Regeln. Zum Beispiel wirst du wohl kaum einen fahren lassen, wenn du dich in der öffentlichen Bibliothek aufhältst. Wenn dir da einer rausschlüpft und alle hören es, ist dir das wahrscheinlich peinlich, und die Leute schauen dich mit so einem BLICK an.

Du weißt schon, DER BLICK. Du hast ihn dir schon eingefangen und auch selbst öfters abgeschossen. Es ist der wütende Wie-kannst-du-es-nur-wagen-Blick, der bedeutet: Schäm dich! So einen Blick richten die Leute auf den, von dem sie glauben, er habe zur unpassenden Gelegenheit gefurzt.

Wenn du dann allerdings, nachdem du deine Bücher abgegeben hast und ins Auto gestiegen bist, neben deinem Bruder oder deiner Schwester sitzt, ändern sich die Regeln wieder. Da kannst du einen abblasen und dich schlapplachen, wenn deine Geschwister hoffnungslos unter dem Gestank leiden, den du verbreitest hast.

Für Fürze gibt es Regeln, jede Menge Regeln. Ich habe in stundenlanger mühevoller Arbeit eine umfassende Liste der komplexen Gesetze aufgestellt, die die Welt des Furzens bestimmen:

Punkt 1:
Wann ist es gesellschaftlich akzeptabel zu furzen?
1. Wenn du alleine bist.

So sieht es aus! Du darfst nur hemmungslos furzen, wenn du alleine bist. Die Welt rückt von diesem Gesetz nicht ab.

Punkt 2:
Wann ist es gesellschaftlich nicht akzeptabel zu furzen?

1. Immer dann, wenn jemand bei dir oder in deiner Nähe ist.

Es stellt sich immer wieder heraus, dass die Gesetze des Furzens, obwohl sie scheinbar vielfältig und schwer zu verstehen sind, immer auf diese einfachen Regeln hinauslaufen: Furze, wenn du alleine bist, und nicht, wenn andere in der Nähe sind. Es scheint so einfach zu sein. Doch das Problem ist, dass viele Menschen diese Regeln nicht respektieren. Sie verbringen ihr Leben damit, wann und wo es ihnen gefällt zu furzen. Sie lassen die Bombe im Klassenzimmer hochgehen, sie lassen den Ballon im Restaurant steigen, sie lassen einen fahren, wenn sie auf dem Weg zur Schule im Bus sitzen. Genau diese Menschen sind das Problem, und auch dir muss ich die Frage stellen: Bist du einer von ihnen?

IHR KENNT DAS BESTIMMT: ES GIBT ZEITEN, DA KLAPPT EINFACH ALLES! ALLE PLÄNE HAUEN HIN, ALLE WÜNSCHE GEHEN IN ERFÜLLUNG!
ICH KENNE SOLCHE ZEITEN AUCH!
ICH NENNE SIE "VERGANGENHEIT"!
NOCH LETZTES JAHR WAR ICH DER UMJUBELTE ERFINDER VON "SÜSSE FÜRZE"- DER PILLE, DIE DAFÜR SORGT DASS FÜRZE GUT RIECHEN.
DAILY NEWS
9JÄHRIGES GENIE ERFINDET WUNDER-PILLE
...UND EIN JAHR SPÄTER BIN ICH NUR NOCH EIN JUNGE, DER SEIT EINEM JAHR KEINE IDÉE MEHR HATTE!

MEINE FREUNDE SIND LEIDER GAR KEINE HILFE... SCOTT SPIELT DEN GANZEN TAG GAME-BOY...
DADDEL DADDEL
...UND ANTHONY PAPAS? GEH MIR WEG MIT ANTHONY PAPAS!

ZU SAGEN DASS ER MEIN FREUND IST, WÄRE SO ÄHNLICH WIE ZU SAGEN DASS GODZILLA EIN FREUND VON TOKYO IST.
OCH, JETZT SEID DOCH NICHT SO!
ICH MACH DOCH NUR SPASS!

DER TYP MACHT MIR DAS LEBEN ZUR HÖLLE SEIT ICH IHN KENNE.
NEUERDINGS SORGT ER DAFÜR DASS MICH ALLE FURZ NENNEN.

UND SEINE FÜRZE SIND SO GIGANTISCH GEWORDEN, DASS MAN SIE AUS DEM ALL SEHEN KANN
PAPAS?
YEP.
DER TYP IST EINE BIOWAFFE.

ALSO, BISHER WAR DAS JAHR SO ERFREULICH WIE EIN KRAMPF IM HINTERN.
...UND GRADE WENN MAN DENKT, „SCHLIMMER KANN ES NICHT KOMMEN", TJA, DANN...
ABER LEST SELBST!

Sie nennen mich Furz

»Also Jungs, ganz im Ernst, jetzt hört mal endlich auf, mich S.B.D. zu nennen«, sagte ich zu Scott und Anthony. Wir warteten in der Halle vom Radiosender WRSEC. Ich wanderte auf und ab und biss mir auf die Fingerknöchel.

»Mach dich doch nicht lächerlich, Keith«, erwiderte Anthony sarkastisch. Seit der vierten Klasse hatte er immer mir für seine Fürze die Schuld gegeben. »Du heißt S.B.D., weil du es verdient hast. Du ballerst Fürze los, die ebenso leise wie tödlich sind – *silent but deadly*. Du hast doch die ganzen schrecklichen Fürze im letzten Schuljahr nicht umsonst abgelassen, oder?«

Er lachte beim Sprechen, denn es machte ihm mächtig Spaß, dass immer ich die Schuld für seine Fürze in der Schule bekommen hatte.

»Na gut, aber nenn mich nicht länger S.B.D.«, verlangte ich. »In ein paar Minuten hab ich ein Interview mit Reportern aus der ganzen Welt.« Ich sprach leise, denn Anne, die Frau vom Sender, stand ziemlich nahe bei uns.

»Ist gut«, antwortete Scott lachend. »Wir nennen dich nicht länger S.B.D. Das willst du doch hören. Wie wär's, wenn wir dich stattdessen Zuckerfurz nennen?«

»Geile Idee«, meint Anthony und nickte.

»Pst!« Ich hielt mir den Zeigefinger vor den Mund. »Nein, das ist überhaupt keine geile Idee.«

Anthony und Scott kicherten noch, als Anne zu uns kam. Sie hatte ein Headset auf und hielt ein Klemmbrett in der rechten Hand. »Bist du bereit, S.B.D. – entschuldige, ich meine Keith?«

Sie ging los und winkte mir, ich sollte mitkommen.

»Ich denke schon«, sagte ich und blickte über die Schulter zurück zu Scott und Anthony. Sie liefen immer noch lachend hinter mir her und schnitten mir Grimassen, um mich auch zum Lachen zu bringen. *Es muss schon richtig nett sein,* dachte ich, *die ganze Zeit so albern zu sein. Die Jungs da können die ganze Zeit rumblödeln, und ich muss total ernst bleiben und mich ums Geschäft kümmern.*

Wir kamen an eine Tür am Ende des Gangs. Mit

der einen Hand auf dem Türknauf blieb Anne stehen und lächelte mir beruhigend zu.

»Bist du sicher, dass du bereit bist?«, fragte sie ein letztes Mal. »Es wird genauso ablaufen, wie wir es am Telefon besprochen haben. Du gibst ungefähr dreißig Interviews, eines nach dem anderen. Wenn du erst mal das erste hinter dir hast, geht es dir gut. Die Reporter werden dich zum Erfolg von *Süße Fürze* befragen.«

»Ich schätze mal, ich bin bereit«, erwiderte ich matt.

»Du schätzt nur mal? Es wäre besser, du würdest mehr als nur mal schätzen, Keith. Die Reporter werden dir eine Menge Fragen stellen, und es wäre besser, wenn du richtig bereit wärst. Bleib einfach konzentriert, und denk nach, bevor du etwas sagst. Wir gehen jetzt da rein und setzen uns an den Tisch.« Sie zeigte durch das Fenster in der Tür. »Ich sitze dann gleich rechts von dir, falls du mich brauchst. Wenn du dich hingesetzt hast, setzt du das Headset auf, das vor dir auf dem Tisch liegt, und dann wirst du mit deinem ersten Interviewer verbunden. Du wirst von einer Person nach der anderen befragt, und wenn du Probleme damit hast, eine Frage zu verstehen, dann bin ich da, um zu helfen. Bist du dir sicher, dass du jetzt bereit bist?«

Ich holte tief Luft. »Ich bin bereit.«

»Du wirst das toll machen«, platzte Scott heraus und schlug mir auf den Rücken. Er zwinkerte mir zu und lächelte.

»Wahrscheinlich versaust du die ganze Angelegenheit, S.B.D.«, sagte Anthony mit total ernstem Gesicht und blickte mir in die Augen.

»Warum sagst du das jetzt?«, fragte ich. »Ich bin so nett, dich hierher mitzunehmen, und das ist dann der ganze Dank dafür?«

»Tut mit leid, Keith. Ich versuch's noch mal. Du wirst« – er machte nach jedem Wort eine kurze Pause, um alles genau zu betonen – »die ... ganze ... Sache ... total ... versauen! Ich meine damit, du wirst es richtig schlecht machen.« Er grinste fies über das ganze Gesicht.

»Erzähl dem Typ doch jetzt nicht so was«, sagte Scott.

Ich schüttelte ungläubig den Kopf. Warum hatte ich Anthony überhaupt mitgenommen? Ich hätte es ja eigentlich besser wissen müssen. Hatte ich aber nicht.

»Wir müssen jetzt rein«, drängte Anne.

Sie öffnete die Tür, und ich merkte, dass meine Hände total verschwitzt waren. Beim Reingehen wischte ich sie an meinen Jeans ab. Anne lief voraus.

Sie setzte sich an den Tisch und deutete auf den Platz neben sich. Alles lief wie in Zeitlupe ab.

War ich bereit dafür? War ich bereit, mich von Reportern aus der ganzen Welt interviewen zu lassen? Das würde ich ja gleich herausfinden.

Nachdem ich saß, reichte mir Anne ein Headset. Ich setzte es auf und hörte sofort die Stimme einer Frau. »Hallo aus Italien«, sagte sie mit einem leichten italienischen Akzent. »Bevor wir loslegen, möchte ich mich persönlich für die Erfindung von *Süße Fürze* bedanken. Ich muss gestehen, dass ich einen Bruder habe, der so schlimm furzt, dass ich manchmal schreien könnte. Dank deiner Erfindung rieche ich nur noch Kaugummi, wenn ich meinen Bruder treffe. Einmal im Monat lasse ich ihm *Süße Fürze* direkt nach Hause schicken.«

»Danke«, sagte ich, »Kaugummi ist unser neuester Duft. Ich bin froh darüber, dass Sie die Fürze Ihres Bruders nicht länger ertragen müssen. Wir haben noch ein paar andere Gerüche, die erst vor Kurzem herausgekommen sind. Und jetzt entwickeln wir gerade Mandarine, Plätzchenteig und Heidelbeeren.«

»Die muss ich sofort kaufen und meinem Bruder schicken. Kannst du schnell erklären, wie *Süße Fürze* funktioniert?«

»Natürlich. Ohne auf die wissenschaftlichen Einzelheiten einzugehen – man isst ein oder zwei der aromatisierten *Süße-Fürze*-Tabletten, und nach rund zehn Minuten ist alles startklar. Wenn man dann Gas ablassen muss, riecht es wie der Duft, den man gegessen hat.«

»Wie hat sich dein Leben verändert, nachdem du im letzten Jahr *Süße Fürze* erfunden hast?«

»Im Grunde ist mein Leben ziemlich gleich geblieben. Ich spiele mit unserer Mannschaft hier Baseball, und ich bin viel mit meiner Familie und meinen Freunden zusammen. Sie wissen ja, was Kinder eben so machen.«

»Wie dem auch sei, ich denke, du bist der einzige Zehnjährige, der eine Erfindung geschaffen hat, die die Welt so grundlegend verändert hat wie *Süße Fürze*. Kannst du mir sagen, was dich in erster Linie dazu inspiriert hat, den Versuch zu unternehmen, den Geruch menschlicher Gase zu verändern?«

»Also, ich hatte in der Schule ein Problem. Ein Junge, Anthony heißt er, hat in der vierten Klasse jeden Tag ganz fürchterlich gefurzt. Das hat er echt leise getan, und wenn es dann alle gerochen haben, hat er mir die Schuld dafür gegeben.«

Ich bemerkte Anthony und Scott hinter dem Glasfenster in der Tür. Er stand dicht genug, um mich zu sehen, aber nicht dicht genug, um zu hören, was ich sagte. Er und Scott winkten mir zu, und ich winkte mit einem falschen Lächeln zurück. Anthony hielt sich die Nase zu und zeigte dann auf mich, wobei er wie verrückt lachte. Es war mir mittlerweile klar, dass es ein schwerer Fehler gewesen war, ihn einzustellen, damit er in der Firma für mich arbeitete. Seitdem tat er nichts, außer mir das Leben schwer zu machen.

»Wenn ich richtig informiert bin, hat Benjamin Franklin damals im Jahr 1781 einen Brief über das Verbessern von menschlichen Gasen geschrieben. Wie hängt der mit deiner Erfindung zusammen?«, fragte die Frau.

»Als ich zum ersten Mal mit meiner Idee gekommen bin, für unsere Wissenschaftspräsentation in der Schule Fürze zu verbessern, bin ich in das Büro des Rektors geschickt worden. Da hat mir mein Rektor von einem Brief erzählt, den Benjamin Franklin geschrieben hat. In dem Brief hat Franklin geschrieben, dass es die großartigste wissenschaftliche Entdeckung aller Zeiten wäre, wenn es jemandem gelingen würde, den Geruch menschlicher Gase zu verbessern. Also hat mich mein Rektor den Versuch unternehmen lassen.«

»Ich habe gelesen, dass du bei der Erfindung von

Süße Fürze einige Hilfe hattest. Kannst du davon ein bisschen erzählen?«

»Natürlich. Mr Gonzales, ein Naturwissenschaftler, ist auf mich zugekommen. Er hat hier in New York ein wissenschaftliches Labor. Er und seine Wissenschaftler haben mir bei den Experimenten geholfen, um das Mittel zur Verbesserung der Fürze zu finden.«

»Berät dich Mr Gonzales immer noch?«

»Ja. Er hat mir geholfen, meine eigene Firma zu gründen. Meine Freunde und ich haben in seinem Labor einen Platz für unsere Versuche. Genau genommen treffe ich mich mit ihm, wenn die Interviews heute vorbei sind.«

Scott und Anthony hatten die Köpfe zur Seite gelegt, die Augen geschlossen und taten so, als wären sie eingeschlafen.

Na, danke, dachte ich. *Ich rackere mich hier ab, um diese Interviews zu geben, und die beiden haben nichts anderes im Kopf, als sich über mich lustig zu machen.*

Die Frau am anderen Ende der Leitung stellte mir noch zwei Fragen und verabschiedete sich dann. Als ich das Headset abnahm, dachte ich: *Das war gar nicht so schlimm.*

»Das war großartig, Keith. Du hast total locker gewirkt. Versuch nur noch, nicht auf deine Freunde zu achten. Die lenken dich offenbar ab.«

»Das ist nichts Neues. Die lenken mich immer ab. So sind die halt.«

Anne stellte die nächste Verbindung her, und es war im Großen und Ganzen dasselbe. Und dann lief ein Interview nach dem anderen. Immer wurden so ziemlich die gleichen Fragen gestellt – »Warum hast du *Süße Fürze* erfunden? Wie hast du das gemacht?« –, und alle bedankten sich dafür, dass ich den Gestank menschlicher Gase aus der Welt geschafft hatte. Ich denke mal, Fürze sind ein Problem, egal wo man lebt. Es tat richtig gut, etwas erfunden zu haben, wofür so viele Menschen dankbar sind.

Ich fühlte mich so richtig klasse, als das letzte Interview begann. Es war ein Mann aus Japan. Er wollte das Übliche wissen, und dann stellte er mir eine Frage, DIE Frage, die mich total überrumpelte: »Was wird deine nächste erstaunliche Erfindung sein, Mr Silent But Deadly?«

»Ich … äh … hm … also …«, fing ich an. Das Problem war, dass ich über rund zehntausend verschiedene Ideen nachgedacht und echt noch keinen klaren Plan für meinen nächsten Versuch hatte. Ich stammelte nur noch rum.

Und dann passierte es.

Anthony öffnete die Tür zum Interviewzimmer und streckte den Kopf herein. »Keith, mach dir keine Gedanken, wir nennen dich nicht mehr den S.B.D.«, sagte er zwischen seinen Lachanfällen.

»Bitte mach die Tür zu. Wir sind hier mitten in einem Interview!«, schimpfte Anne.

»Tut mir leid, ich wollte Keith nur sagen, dass wir ihn auch nicht Zuckerfurz nennen«, fügte Anthony hinzu.

»Okay, danke, aber weißt du, Anthony, das ist jetzt wirklich nicht der richtige Moment!« Ich deutete auf mein Headset.

»Entschuldige, ich wollte dir nur mitteilen, dass dein neuer Spitzname von heute an offiziell *Furz* ist.« Dann flüsterte er noch hämisch grinsend: »Viel Glück beim Interview, Furz.«

Ich dachte, ich würde gleich vom Stuhl fallen. Hatte er das wirklich gerade gesagt? Mein Spitzname würde von S.B.D., Silent But Deadly, in Furz geändert?

»Hat da jemand gerade gesagt, dass du ab heute mit Spitznamen Furz heißt?«, fragte der Mann aus Japan.

»Ja«, antwortete ich geschlagen. Durch das Glas konnte ich sehen, wie Anthony und Scott handgeschriebene Schilder hochhielten, auf denen stand:

»Hallo Furz.« Sie brachen vor Lachen fast zusammen und zeigten auf mich.

»Jawohl«, sagte ich und schüttelte ungläubig den Kopf. »Es sieht so aus, als würden sie mich jetzt Furz nennen.«

2

Sieben Wochen

Als ich den Sender verließ, fühlte ich mich wie betäubt. Ich hatte *Süße Fürze* erfunden und wollte deshalb auch nicht mehr S.B.D. (Silent But Deadly) genannt werden. Doch jetzt steckte ich in einer fast noch schlimmeren Lage. Plötzlich war ich Furz Emerson!

Und was die Sache noch mal schlimmer machte: Noch vor der nächsten Wissenschaftspräsentation musste ich mit einer bemerkenswerten Erfindung rauskommen.

Ich spürte, wie mein Herz raste und meine Hände wieder völlig verschwitzt waren. Ich sah Scott und Anthony, wie sie mit mir sprachen, doch ich hörte kein Wort von dem, was sie sagten. Ich war offiziell dabei auszuflippen.

Die Limousine, mit der wir alle zum Radiosender gefahren worden waren, wartete draußen. Als der

Fahrer uns kommen sah, stieg er aus und öffnete die Tür. Ich stieg als Erster ein.

»Wie ist es gelaufen?«, fragte Mr Gonzales, als er sein Gespräch beendet und das Telefon in die Innentasche seiner Anzugjacke gesteckt hatte. Er saß mir gegenüber mit dem Rücken zum Fahrer des Wagens. Anthony und Scott sprangen ins Auto und setzten sich rechts und links von mir.

»Ziemlich schlecht«, sprudelte es aus Anthony heraus. »Unser Furz hier hat irgendwie Mist gebaut.«

»Also erstens nenn mich nicht Furz«, sagte ich. »Und zweitens war ich ganz schön gut da drin, bis du in den Raum geplatzt bist und verkündet hast, dass ihr mich jetzt Furz nennen wollt. Der Typ aus Japan hat das nämlich gehört, weißt du.«

»Jungs!«, unterbrach Mr Gonzales abrupt. »Hört jetzt mal auf, euch hier wie Dummköpfe zu benehmen, und nehmt die Sache etwas ernster. Ihr hattet massenhaft Zeit, an eurem nächsten Projekt für die Wissenschaftspräsentation zu arbeiten, und ich habe immer noch nicht gehört, was ihr eigentlich vorhabt.«

»Ich grübele noch, Mr Gonzales«, sagte ich. »Aber ich könnte echt ein bisschen Unterstützung von einem Ihrer Wissenschaftler brauchen. Wissen Sie, ich bin erst zehn Jahre alt.«

»Keith«, fing er an, »das haben wir doch alles schon mehrfach besprochen. Ich habe dir einen Platz in meinem Labor überlassen, damit du weiter selbstständig deine wissenschaftlichen Versuche durchführen kannst. Wenn du ihre Hilfe brauchst, unterstützen dich die Wissenschaftler im Labor, doch die Idee muss von dir kommen.«

»Ich weiß nicht so recht, ob ich noch so eine erstaunliche Erfindung hinkriege«, gestand ich. Da, jetzt hatte ich es gesagt. Die Katze war aus dem Sack. Für diese Art von Drucksituation war ich nicht geschaffen. Ich würde auf keinen Fall in der Lage sein, etwas genauso Außergewöhnliches zu präsentieren wie *Süße Fürze.* Warum es dann überhaupt versuchen?

»Na, das musst du aber! Es ist vorgesehen, dass du am Abend der Wissenschaftspräsentation bei der *Helen Winifred Show* auftrittst, um über dein nächstes Experiment zu sprechen.«

»Warum haben Sie das eingeplant? Ich kann nicht ins landesweite Fernsehen. Da mache ich mich doch nur selbst lächerlich. Da bin ich dann nur die Lachnummer. Das kann ich nicht machen!«, sagte ich und spürte, wie die Panik in mir aufstieg.

»Na, dann machst du dich besser an die Arbeit und lässt dir was einfallen, denn die Wissenschaftspräsentation ist in genau zwei Monaten. Ich breche heute Abend für sieben Wochen zu einer archäologischen Ausgrabung nach Afrika auf und werde nicht erreichbar sein. Aber du hast die volle Unterstützung des Labors und der Wissenschaftler dort. Du musst ihnen nur erklären, an welcher Idee du arbeiten willst, und schon helfen sie dir. Außerdem hast du die Unterstützung von den beiden hier.« Er deutete auf Scott und Anthony und verdrehte die Augen.

Ich wandte mich nach links und sah, dass Scott auf seiner mobilen Spielkonsole *Jezulas letztes Gefecht* spielte. Er war völlig weggetreten. Dann drehte ich mich nach rechts und sah, dass Anthony tief und fest

eingeschlafen war. Sein Kopf war bis zum Anschlag nach hinten gekippt, und ein bisschen Spucke sickerte ihm von der Unterlippe auf das Kinn. Ich schloss die Augen und legte den Kopf in meine Hände.

»So, du bist jetzt zu Hause«, informierte mich Mr Gonzales. »Ich empfehle, dass du deinen wissenschaftlichen Verstand in Bewegung setzt. Die Uhr läuft, mein Junge. Wir sehen uns in sieben Wochen wieder. Ich setze den Zockerknaben und die schlafende Schönheit auf dem Weg zum Flughafen bei ihnen zu Hause ab. Viel Glück, und sag deinen Eltern einen Gruß von mir.«

Der Fahrer stieg aus und öffnete die Tür für mich. Es regnete ziemlich stark.

Scott hörte auf zu spielen und blickte kurz zu mir. »Hab ich was verpasst? Wo sind wir? Wann hat es angefangen, so doll zu regnen?«

»Hast du im Ernst auf dem ganzen Weg bis hierher nichts mitbekommen?«, fragte ich.

»Nein. Ich war gerade auf der Flucht vor Jezula. Warum? Gibt's was Wichtiges?«

Ungläubig blickte ich Mr Gonzales an.

»Du wolltest diese Burschen unbedingt einstellen«, erinnerte er mich. »Wir sprechen uns in sieben Wochen wieder.«

3

»Ich wollte doch gar nicht FUFZEN!«

Langsam ging ich im Regen durch den Vorgarten. Es war kalt und nass, doch ich hatte keine Eile, ins Haus zu kommen. Da drinnen würde meine Familie wahrscheinlich schon ganz aufgeregt auf mich warten, um zu hören, wie die Interviews gelaufen waren. Als ich schließlich bei der Haustür angekommen war und langsam den Schlüssel ins Schlüsselloch schob, hörte ich, wie meine Schwester Emma gerade einen wüsten Wutanfall hatte. Sie war so etwas wie eine emotionale Spätzünderin, und solche Anfälle wurden langsam zur Gewohnheit. Als ich die Tür aufmachte, hörte ich meine Mutter. Sie schrie nicht gerade, aber sie war auch nicht leise. Und sie war eindeutig stinkwütend. Daran gab es gar keinen Zweifel.

»Emma, du kannst doch nicht einfach dein Essen in den Flur schmeißen«, hörte ich sie sagen, als ich die Tür ganz aufmachte und hineinging.

»Ich hab es nicht in den Fluf geschmissen«, fing Emma an. Auch wenn sie das R so aussprechen konnte, das es richtig klang, hatte Emma die Gewohnheit entwickelt, das R wie ein F klingen zu lassen. Sie sagte Fluf statt Flur oder Kindef statt Kinder, und das machte meine Mom wahnsinnig. Allerdings tat Emma das nicht immer, sondern nur dann, wenn sie meine Mom frusten wollte.

»Emma, das heißt Flur, nicht Fluf. Ich weiß, dass du das sagen kannst, denn ich hab es dich schon sagen hören«, meinte Mom streng.

»Nein, kann ich nicht«, jammerte Emma. In der letzten Zeit war sie auch mächtig am Jammern.

Mein Dad kam die Kellertreppe rauf und ging durch die Küche ins Wohnzimmer, als ob überhaupt nichts los wäre. Er winkte und lächelte, als er an mir vorbei aus dem Raum ging.

Meine Mutter hatte mich noch nicht einmal angesehen, obwohl ich bei ihr und Emma im Zimmer stand.

»Hallo alle zusammen«, verkündete ich. »Die Interviews waren echt mies, danke der Nachfrage. Ich hab mich gefühlt, als würde ich gleich den Verstand verlieren, wenn das irgendjemanden interessiert.«

»Emma, du hebst jetzt den Hotdog vom Boden auf, oder es gibt kein Dessert«, drohte meine Mom. Ich konnte es nicht fassen, dass niemand auch nur gemerkt hatte, dass ich da war.

»Ich will ihn abef nicht aufheben! Und ich will auch kein Dessef«, jammerte sie. Und dann ließ sie den lautesten Furz knallen, den man jemals den Körper eines vierjährigen Mädchens hatte verlassen hören. Und sofort danach fing sie wie verrückt an zu kichern. Blitzartig wechselte das Gesicht meiner Mom von hellrot gereizt zu dunkelrot vor Wut.

»Bist du jetzt zufrieden, Keith? Dank deiner kleinen Erfindung hat deine Schwester keinerlei Kontrolle mehr über ihre Blähungen!« Das war schon halb geschrien.

»Der fiecht jetzt wie Plätzchenteig! He, Leute, freut euch doch drüber!«, japste Emma zwischen ihren Lachsalven.

»Dank meiner Erfin…?«, fing ich an. »Wie kannst du mir dafür die Schuld geben, wenn Emma es nicht schafft, ihre Fürze zu kontrollieren?«

»Wie oft soll ich dir noch sagen, dass ich dieses Wort nicht mag?«, legte Mom los. Sie war jetzt so zornig, dass ich nicht weiß, mit welchem Wort man das richtig beschreiben kann.

»Ja, Keith«, fing Emma an. »Mommy mag nicht das Wort Fuffffz.« Sie dehnte die Endung so lang, dass es auf jeden Fall deutlich wurde, dass sie kein R aussprach. Dann verschränkte sie theatralisch die Arme vor der Brust.

Meine Mom war jetzt echt am Kochen. »Emma, du gehst jetzt in dein Zimmer! Kein Dessert heute Abend. Du gehst sofort ins Bett. Und Keith, wo wir gerade dabei sind, du gehst auch in dein Zimmer. Du gehst genauso ins Bett. Für heute reicht's mir wirklich.«

Emma ließ sich sofort auf den Boden fallen und fing an zu heulen und sich herumzurollen.

»Wieso hab ich denn jetzt hier Ärger?«, fragte ich. »Ich bin bloß zur Tür reingekommen! Es ist doch noch gar nicht Zeit fürs Bett.«

»Geh in dein Zimmer, Keith«, sagte meine Mom mit sehr entschiedener Stimme. Ich stürmte aus der Küche und die Treppe nach oben, schlug die Tür hinter mir zu und warf mich aufs Bett. Ich weinte nicht, aber ich war kurz davor. Von Weitem konnte ich hören, wie Emma in der Küche total ausraste-te. Sie schrie: »Ich wollte doch gar nicht FUFZEN! Ich wollte doch gar nicht FUFZEN!« Und das immer wieder. Wie ich schon sagte, ich hatte keine so große Eile, ins Haus zu kommen.

4

Furzjunge

Ich muss dann eingeschlafen sein, denn das Nächste, was ich merkte, war, dass ich die Augen aufmachte, und da war es Morgen.

Ich schaute auf die Uhr: halb neun. Ich steckte immer noch in meinen Klamotten von gestern, als ich mich aufsetzte und mich streckte. Von unten konnte ich Emmas Lieblingssendung im Fernsehen hören und ihre sprechenden Puppen. Ich streckte mich noch einmal von Kopf bis Fuß und fühlte mich ein bisschen besser, nachdem ich eine Nacht lang gut geschlafen hatte.

Dann kamen mir all die Dinge wieder in den Kopf, die im Moment anstanden. Ich hatte sieben Wochen, um mit einem Projekt für die Wissenschaftspräsentation rauszukommen, das die Welt verändern würde. Nach meiner Erfindung der *Süßen Fürze* konnte ich jetzt nicht mit *irgendwas* ankommen. Es musste außergewöhnlich sein und mindestens ebenso gut wie *Süße Fürze*.

Der Stress sprang mich schon wieder an, als ich mich an meinen Computer setzte. Da waren tonnenweise neue E-Mails und Skype-Nachrichten.

Ich öffnete die erste Mail. Sie war der Link zu einem Zeitungsartikel mit der Überschrift: »Sie nennen ihn Furz.« Ich las ihn und sah die anderen Mails durch. Jede, die ich öffnete, hatte einen Link zu einer anderen Zeitung mit einem ähnlich überschriebenen Artikel. Der Titel der japanischen Zeitung war: »Kann Furz Emerson noch einmal die Welt verändern?« Darunter gab es ein Bild von mir. Ich lehnte mich auf meinem Stuhl zurück. *Wie in aller Welt ist das passiert?*, überlegte ich. *Wie bin ich von einem ganz normalen Jungen zum Furzjungen geworden?*

Ich hörte, wie ein Wagen in unsere Einfahrt einbog, und wusste, das war Oma. Wie immer kam sie zur rechten Zeit. Ich sprang vom Stuhl auf, putzte mir superschnell die Zähne, wechselte die Klamotten und rannte nach unten. Mom saß am Küchentisch und telefonierte. Als sie mich kommen sah, legte sie auf.

»Es tut mir leid wegen gestern Abend«, fing sie an. »Ich bin bei deiner Schwester mit meinem Latein am Ende. Solange ich zurückdenken kann, hat sie keine vernünftige Mahlzeit mehr zu sich genommen, und ihre neueste Lieblingsbeschäftigung ist es, so oft wie möglich Gas von sich zu geben. Ich weiß nicht, was ich mit ihr machen soll. Ich hab dich gestern Abend nicht einmal gefragt, wie die Interviews gelaufen sind.«

»Ist schon gut, Mom. Ich muss ins Labor«, sagte ich. »Geh einfach online, da kannst du die Interviews von gestern lesen. Die meisten davon sind schon reingestellt. Ich sag nur schon mal, du wirst meinen neuen Spitznamen nicht unbedingt mögen! Bis später dann.« Ich gab ihr einen Kuss und ging aus dem Haus.

Als ich die Tür von Omas Auto aufmachte, hörte ich sofort meine Lieblingsband, die *Turpentine Fire Lane*. »Guten Morgen, Rockstar«, sagte Oma.

Ich schlüpfte auf den Rücksitz ihres Wagens. Meine Oma ließ mich immer noch hinten sitzen, auch wenn die meisten meiner Freunde inzwischen vorne mitfuhren.

»Welche Laus ist dir denn über die Leber gelaufen?«, erkundigte sie sich und sah mich im Rückspiegel an.

»Welche Laus?«, legte ich los. »Ach, das Übliche. Meine Freunde bringen es überhaupt nicht, meine Mom gibt mir die Schuld daran, dass meine vierjährige Schwester furzt wie ein Fünfundneunzigjähriger am Bohnenbüfett, und ich muss in den nächsten sieben Wochen zur Wissenschaftspräsentation ein weltbewegendes Projekt vorlegen. Abgesehen davon ist alles fantastisch.«

»Vergiss deinen neuen Spitznamen nicht, Furz!«, sagte sie, immer noch lächelnd.

»Warum sagst du das jetzt? Es ist schlimm genug, dass Sott und Anthony mich damit ärgern, und es sieht ganz danach aus, dass es heute in allen Zeitungen stehen wird.«

»Ich finde, das ist ein lustiger Name«, fuhr meine Oma fort.

»Ein lustiger Name? Glaubst du, es macht Spaß, Furz genannt zu werden?«

»Ja, ich find's lustig.« Meine Großmutter hat die Angewohnheit, in allem das Positive zu sehen, selbst wenn da nichts Positives gefunden werden kann. Ganz egal, was passiert, sie findet immer etwas Gutes. Ich mag das an ihr, doch in Situationen wie dieser gerade war das einfach nur blöd. Es war überhaupt nicht lustig, Furz genannt zu werden. Sie wusste das und ich auch.

5

Das war GEIL!

Das Tollste, was mir nach der Erfindung von *Süße Fürze* passiert ist, war eindeutig das Labor. Mein Labor ist mehr als ein stinknormales, olles wissenschaftliches Labor. Es ist der ultimative Treffpunkt. Das Ding ist geil.

Als Mr Gonzales mir den Platz im Labor gab, sagte er mir, ich könnte dort machen, was immer ich wollte. *Süße Fürze* brachte massenhaft Geld ein, und das Labor war die einzige Stelle, wo mir erlaubt war, etwas davon auszugeben. Der Rest kam in einen Treuhandfonds für mich, über den ich verfügen kann, wenn ich älter bin. Das Labor zu planen und auszurüsten hat mich im letzten Sommer die meiste Zeit und Energie gekostet.

Als wir unser Labor umgebaut haben, haben wir als Erstes einen kompletten Basketballplatz eingerichtet. Da die Decke hoch genug ist, ging das einwandfrei. Wir haben einen echten Hartholzboden, gläserne Korbbretter wie die Profis und einen Kühlschrank, der voll mit meinen Lieblingsgetränken ist. Dazu gibt es noch eine Tischtennisplatte, einen Billardtisch und einen ganzen Haufen von Videospielen mit einem riesigen Fernseher als Monitor. Doch die Krönung des Ganzen ist das, was sich hinter dem Labor befindet. Wenn man zur Hintertür beim Basketballfeld rausgeht, ist dort ein kompletter Baseballplatz mit zwei Spielerbänken, einer Baseballwurfmaschine und einem Ballschutzzaun. Ich könnte dort den ganzen Tag mit der Wurfmaschine arbeiten oder mit meinem Vater und ein paar Freunden spielen.

Meine Firma bestand aus mir, meinem Vater, Scott, Anthony und Oma. Jeder von uns hatte einen eigenen Arbeitsplatz, um Versuche zu machen und Ideen zu entwickeln. Wir hatten beschlossen, dass ich einen Raum haben sollte, mein Vater einen, Scott und Anthony einen zusammen, und der letzte sollte für Oma sein.

Jeder von uns sollte selbstständig forschen und über Ideen nachdenken können, die die Welt verbessern würden. Scott und Anthony nannten die Firma die Furzfabrik. Ich nannte sie den Himmel. Dort war ich am allerliebsten. Das einzige Problem bestand darin, dass wir noch immer keinen offiziellen Namen für die Firma hatten.

Oma und ich kamen gegen 9.20 Uhr beim Labor an. Die Eingangstür war offen, und ich dachte, nur Scott und Anthony wären bereits da, denn das Auto meines Vaters war nirgends zu sehen. Beim Reingehen erwartete ich, dass Scott und Anthony irgendein Computerspiel spielten oder Körbe schossen, doch es war vollkommen still. Ich war verblüfft: Hieß das etwa, dass die beiden tatsächlich an der Arbeit waren?

»Was hat das zu bedeuten?«, fragte Oma.

»Ich weiß nicht genau«, antwortete ich. Wir gingen durch den Flur zu Scotts und Anthonys Labor, und als wir an der Tür waren, hörte ich Anthony sagen: »Los, jetzt kotz schon!«

Ich machte die Tür auf und sah, dass sich die beiden über einen Eimer gebeugt hatten, als würden sie versuchen, sich zu übergeben.

»Was in aller Welt macht ihr denn da?«, platzte es aus Oma heraus.

Scott holte tief Luft und blickte auf. Sein Gesicht war von den Kotzversuchen ganz rot. »Wir versuchen, etwas zu erfinden, das das Erbrochene von Menschen gut riechen lässt. Wir haben vor rund einer Stunde eine geheime Mischung aus einigen

Bestandteilen von *Süße Fürze* geschluckt. Das Problem ist nur, dass wir uns nicht zum Kotzen bringen können, um zu sehen, ob es funktioniert. Wir haben es schon den ganzen Morgen versucht.«

Überall im Zimmer standen kleine Gläser mit ekelhaften Mixturen. Die mussten sie in der Hoffnung getrunken haben, dass ihnen davon übel würde.

Anthony stand auf, warf uns einen kurzen Blick zu und schlug ein rohes Ei in ein großes Glas auf. Das füllte er dann halb mit Salatöl, und obendrauf kam Ahornsirup. Nun nahm er das Glas und machte sich daran, es in einem Zug leerzutrinken, wobei er alle möglichen Schluck- und Würgegeräusche von sich gab, während er versuchte, das Zeug runterzubekommen.

»Anthony, hör sofort damit auf«, sagte Oma scharf. »Du kippst ja gleich um.« Beim Sprechen musste sie würgen und sah so aus, als würde sie selbst gleich losreihern.

Anthony machte weiter. Ei lief ihm über Kinn und Hals. Der Kerl hört einfach auf niemanden. Er macht einfach immer, was er will, wann und wo es ihm gefällt.

Scott schrie: »Ja! Los! Los! Los!« Er stieß dabei mit der Faust in die Luft, um Anthony anzufeuern.

Je länger Anthony versuchte zu trinken, desto

mehr musste Oma würgen. Weiter würgend eilte sie zu ihm und hielt sich dabei die Hand vor den Mund, als käme es ihr gleich hoch.

»Anth...«, fing sie an, wurde aber von erneutem Würgen unterbrochen. »Du darfst nicht ...« Wieder das Würgen.

Scott und ich sahen einander an und fingen gerade an zu lachen, als die Tür aufging und mein Vater hereinkam.

Nun ist mein Vater ein berüchtigter »Schnellkotzer«, wie er es nennen würde. Wenn er auch nur den leisesten Hauch von Erbrochenem riecht, ist es bei ihm vorbei. Dann kübelt er los. Sobald er Anthony trinken sah und hörte, wie es Oma hochkam und sie diese kehligen Geräusche von sich gab, zog er den Drücker. Er entleerte sich explosionsartig über Scotts Gesicht und Hemd. Sofort ergoss sich Scott im Gegenzug auf Dads Brust und Hände, als der sie vergeblich aufrichtete, um den beständigen Schwall von schmierigem Zeug abzuwehren, der aus Scotts Mund geschossen kam. Fast gleichzeitig brach es aus Oma heraus. Sie traf Anthony seitlich an Kopf und Hals. Der hörte auf zu trinken. Alle standen minutenlang, wie es schien, einfach nur da und starrten sich an. Es war eine Szene wie aus einem Horrorfilm. Anthony war der Erste, der etwas sagte.

»Das war geil!«, schrie er.

Ohne Vorwarnung kotzte Oma ihn noch ein letztes Mal an. Nach ein oder zwei Sekunden furzte

Anthony, lachte sich über sich selbst kaputt und übergab sich dann schließlich auf Omas Schuhe.

Es war wirklich geil!

6

Teilhaberversammlung

Nachdem wir einige Stunden gewischt, geschrubbt und rumgejammert hatten, war der Raum von Scott und Anthony schließlich wieder sauber und wir auch. Neben dem Basketballfeld saßen wir – also Dad, Oma, Scott, Anthony und ich – um den Tisch. Es war Zeit fürs Mittagessen, doch niemand redete vom Essen. Ich ergriff als Erster das Wort.

»Also gut«, sagte ich, »seid ihr alle damit einverstanden, dass wir nicht versuchen, den Geruch von Erbrochenem zu verbessern? Ich jedenfalls hab jetzt davon für mein Leben lang genug mitbekommen.« Die anderen nickten zustimmend. »Also, dann ist klar, dass wir nicht mehr mit dem Kotzen rumexperimentieren. Aber abgesehen davon, haben wir irgendeine gute Idee, an der wir arbeiten können? Denn sonst flippe ich langsam aus.« Ich wartete. »Ich hab keine. Wie ist es mit euch?«

Anthony und Scott sahen sich an.

Dann meinte Scott: »Anthony und ich arbeiten an einer Kleinigkeit, die wir den Silencer, also Leisemacher, nennen.«

»Was ist der Silencer?«, fragte ich.

»Na, du kennst das doch, wie laut manche Fürze sind«, sagte Scott.

Ich sah meinen Dad an. »Ja, schon, damit habe ich einige Erfahrung.«

Mein Dad verzog das Gesicht und meinte: »Ich hab keinen Einfluss darauf, was deine Mom so treibt, mein Sohn, das weißt du ja.«

»Sehr hilfreich, Dad. Ein wirklich wichtiger Beitrag. Mach weiter, Scott.« Meinem Vater zeigte ich das Verschon-mich-bitte-Gesicht und schüttelte leicht den Kopf.

»Also, wie wäre es denn, wenn wir etwas erfinden, das die Fürze geräuschlos macht? *Süße Fürze* lässt die Fürze gut riechen, aber der Silencer, der Leisemacher, würde die Sache erst zu einem richtigen Abschluss bringen, indem er das Geräusch vollkommen verschwinden lässt. Was meint ihr?« Scott schaute sich Beifall heischend um.

»Ich weiß nicht so recht«, meinte mein Dad. »Ich glaube, ich wäre mehr an einem Verstärker oder so was interessiert. Also an etwas, das den Ton gerade lauter macht. Also als Verbraucher wäre mir so was in der Art lieber.«

»Gibt es auch Ideen, die nicht mit dem Furzen zusammenhängen?«, fragte ich. »Wir können auch außerhalb der Furzwissenschaften arbeiten.«

Oma hob die Hand.

»Oma«, sagte ich, »du brauchst dich nicht zu melden. Du kannst einfach reden.«

»Vor allem möchte ich sagen«, fing sie an, »dass ich euch alle so süß finde, dass ich es kaum fassen kann. Du bist dermaßen bei der Sache, wenn du die Konferenz leitest. Es ist zum Brüllen komisch.«

»Das freut mich für dich, Oma. Aber ich kann dir versichern, dass es in sieben Wochen gar nicht mehr so niedlich ist, wenn alle merken, dass ich keine Ideen habe. Also, sag mir bitte, dass du etwas hast, das nicht mit Fürzen zusammenhängt.«

»Na gut«, sagte sie, stand auf und kam auf mich zu. »Ich habe eine Idee, die mich total anmacht. Stellt euch vor, Jungs: Ihr geht in den Supermarkt, um Obst einzukaufen. In der Obstabteilung wart ihr schon tausendmal, und da gibt es dasselbe Zeug wie immer – Äpfel, Orangen, Grapefruit –, und dann seht ihr etwas, das ihr noch nie zuvor gesehen habt. Ihr seht da aufgestapelt, zu Hunderten übereinander, lauter würfelförmige Birnen.«

Niemand sagte etwas. Ich überlegte, wie ich ihr antworten könnte, aber mir fiel absolut nichts Schlaues ein. Mein Kopf kippte etwas zur Seite, und beinahe hätte ich doch etwas gesagt, aber manche Dinge brauchen eben keine Antwort. Schweigen war hier eindeutig die richtige erste Reaktion …

Schließlich durchbrach ich die Stille: »Hm … okay, Oma, darf ich fragen, warum jemand eine eckige Birne kaufen sollte?«

Sie lächelte. »Weil die nicht vom Tisch rollt. Und ich rede nicht nur von Birnen, mein Lieber. Ich spreche von Äpfeln, Orangen, was auch immer. Ich rede davon, dass Obst, das normalerweise rund oder rundlich ist, eckig wird. Stell dir das vor: keine Obstschale mehr, die all die lästigen runden Dinger halten muss. Du kannst dein Obst einfach wie Bausteine aufeinanderstapeln!« Nun machte sie Bewegungen, als stapelte sie Bausteine, um uns das anschaulich zu machen.

»Das ist wirklich interessant, Oma, aber inwiefern würde das die Welt verbessern? Darauf sollten wir uns bei unserer Arbeit konzentrieren. Wir brauchen ein Produkt, das die Welt besser macht. Eine Erfindung, die etwas verbessert, das alle Menschen auf der Welt stört.«

»Runde Früchte stören mich«, sagte sie mit sehr

ernster Stimme. »Stell dir das mal richtig vor, Keith.«

»Ich stell mir das vor, aber ich weiß einfach nicht, was ich davon halten soll. Es macht mir halt nichts, wenn meine Früchte rund sind. Aber wenn du daran wirklich interessiert bist, schreib doch eine E-Mail an die Wissenschaftler im Labor von Mr Gonzales, und die können sich dann weiter mit dir darüber unterhalten.«

»Danke, Boss!«, sagte Oma und nahm ihren Platz wieder ein.

»Ich bin nicht der Boss«, sagte ich. »Ich bin nur … also, ich weiß nicht genau, was ich eigentlich bin.«

»Du hast die Leitung, mein Sohn. Der Boss, das bist du. Und wir werden mit irgendwas Außergewöhnlichem rauskommen, das die Leute auf der nächsten Wissenschaftspräsentation von den Sitzen reißt«, meinte mein Dad.

»Aber ja, Furz«, sagte Anthony. »Du kannst dich auf uns verlassen.«

Das ist es ja gerade, was mir Sorgen macht, dachte ich.

Jetzt leitete ich also eine Firma, die keinen Namen hatte und, soweit ich das sehen konnte, keine Ideen.

7

Ich hab keine Ahnung

Am Montagmorgen saß ich um sechs Uhr am Schreibtisch in meinem Zimmer und starrte meinen Kalender an. Heute war der 4. Oktober. Ich blätterte zum 15. November, schrieb »Mr Gonzales zurück«, und dann ging ich zum 22. und trug »Wissenschaftspräsentation und *Helen Winifred Show*« ein. Dabei merkte ich, dass die Präsentation in die Thanksgiving-Woche fiel. Wie dankbar ich mich dann fühlen würde, wusste ich nun wirklich noch nicht.

Noch war niemand außer mir aufgestanden, und so ging ich nach unten und setzte mich einfach für eine Weile an den Küchentisch. Es war angenehm, zur Abwechslung mal einfach nur ruhig dazusitzen. Das war ein verrücktes Wochenende gewesen mit den Interviews, dem Treffen mit Mr Gonzales, dem Kotzfestival und der ernüchternden Erkenntnis, dass unsere bisherigen Ideen sich auf Versuche mit Fürzen und eckigem Obst beschränkten. Ich steckte eindeutig in der Klemme und musste mir schnell etwas einfallen lassen.

Ich nahm mir eine Schüssel mit Müsli und goss mir ein Glas Orangensaft ein. Plötzlich hatte ich das Gefühl, als würde mich jemand beobachten. Man weiß es einfach, wenn einen jemand beobachtet. Ich drehte mich um, und da saß Emma am Tisch. »Guten Morgen, Emma«, sagte ich und schob mir einen Löffel Müsli rein. Mir wurde klar, dass ich mich das ganze Wochenende nicht um sie gekümmert hatte, und das machte mir ein schlechtes Gewissen. Ich ging zu ihr und küsste sie auf die Stirn.

Sofort rüttelte sie an einem der hölzernen Küchenstühle. »Heute Heidelbeefen, großef Brudef«, flüsterte sie und streckte beide Daumen hoch.

Puh, dachte ich. *Mom hat recht*. Emma war vom Furzen ein bisschen zu sehr hingerissen. Sie schien nicht zu verstehen, dass das etwas war, das man immer noch nicht in der Gegenwart anderer machen sollte, auch wenn ich es hinbekommen hatte, die Fürze gut riechen zu lassen. Ich beschloss, dass es Zeit war für ein Gespräch zwischen großem Bruder und kleiner Schwester.

»Emma«, fing ich an, »du weißt doch, dass du nicht

immer, wenn du gerade willst, einen Blubber loslassen kannst, stimmt's? Das ist einfach unhöflich.«

»Ja schon, weiß ich. Ich find es nur so lustig.« Sie lächelte mich mit dem süßesten Lächeln an, das man sich vorstellen kann.

»Okay, aber du weißt auch, dass man das nicht an Orten wie in der Schule und so machen soll, stimmt's?«

»Warum nicht? Sie riechen so schön. Jeden Tag esse ich einen anderen Geruch. Morgen will ich Ofange nehmen.« Immer noch das Lächeln.

»Du meinst Orange.« Ich wusste nicht so genau, was ich ihr sagen sollte.

In diesem Augenblick kam Mom herein. »Guten Morgen, ihr zwei«, sagte sie. »Keith, ich sehe, du hast schon dein Frühstück. Emma, mein Schatz, was möchtest du frühstücken?«

»Ich möchte Süßigkeiten, bitte«, sagte Emma mit einem strahlenden Lächeln.

»Emma, du kannst jetzt keine Süßigkeiten kriegen«, erinnerte ich sie.

»Aber das will ich«, erwiderte sie.

»Was willst du denn sonst noch zum Frühstück?«, fragte ich.

»Außer Süßigkeiten?«

»Ja.«

»Alsooo, so ziemlich gar nichts.«

Ich blickte Mom an. Sie machte ein Gesicht, als wollte sie sagen: *Ich hab's dir ja gesagt.* »Emma, ich mache dir Pfannkuchen, und du hast dann genau fünfzehn Minuten, um sie zu essen.«

»Ich mag keine Pfannkuchen. Ich will Süßigkeiten – hmmm!«, sagte Emma und verschränkte die Arme. Sie schien zu glauben, dass das Verschränken der Arme alle dazu brächte, auf sie zu hören. Dabei entging ihr allerdings, dass sie Mom damit nur wütend machte.

»Ich würde ja gern noch hier rumhängen, um mitzukriegen, wie das ausgeht, aber ich muss zur Schule«, sagte ich. »Nach der Schule bin ich heute im Labor, deshalb komme ich erst später nach Hause. Oma holt mich nach der Schule ab und bringt mich hin.«

»Ich will auch ins Labof gehen«, quengelte Emma.

»Das geht nicht, Emma. Dafür bist du noch zu jung. Wenn du älter bist, kannst du kommen und es dir anschauen. Okay?«

»Ich will das aber jetzt.«

Ich küsste sie noch einmal auf die Stirn und sagte: »Wenn du älter bist. Ich hab dich lieb. Und halt dich heute mit dem Furzen mal ein bisschen zurück, bitte.«

Emma sah mich mit ihren großen Augen an und ließ einen Furz von ihrem Stuhl knattern. »Wieder Heidelbeefen. Lecker, oder?«, fragte sie lachend.

Mom verdrehte angeekelt die Augen.

»Wie schon gesagt, ich muss jetzt gehen.« Ich schnappte mir meinen Rucksack und steuerte auf die Tür zu.

»Keith!«, rief meine Mom hinter mir her.

»Ja?«

»Danke noch mal für *Süße Fürze*«, sagte sie sarkastisch. »Das hat mein Leben wirklich zum Besseren gewandelt. Ich weiß, du hast jetzt mächtig viel zu tun, aber du musst mir bei deiner Schwester helfen. Sie gerät langsam außer Kontrolle … damit …!«

Ich fand es komisch, dass meine Mom mir das aufhalste. Schließlich war sie doch die Mutter. War es nicht ihre Sache, meine Schwester zu erziehen?

»Ich werd's versuchen, Mom, aber im Moment bin ich ganz schön durch den Wind. Mr Gonzales kommt in sechs Wochen zurück, und dann ist da die Wissenschaftspräsentation und die *Helen Winifred Show* am Zweiundzwanzigsten.«

»Bitte sag mir, dass du nicht in der *Helen Winifred Show* auftrittst. Bitte sag mir, dass mich die Gase deiner Schwester in einen traumähnlichen Zustand versetzt haben und all das hier nicht mein wahres Leben ist! Das ganze *Süße-Fürze*-Tamtam ist mir schon peinlich genug. Ich glaube kaum, dass ich es ertragen könnte, wenn du in meiner Lieblingsshow auftreten und über Fürze sprechen würdest.«

»Mom, ich bin dabei, etwas Neues zu erfinden. Keine Angst, diesmal wird es etwas Schönes sein.«

»Also, was machst du denn dann in diesem Jahr für die Präsentation?«

»Ich habe keine Ahnung. Ich hab absolut keine Ahnung«, gab ich zu.

»Wunderbar. Da fühle ich mich gleich viel besser«, sagte sie. »Mach dir einfach nur klar, dass jede Mom in Amerika diese Show sieht.« Dann unterbrach sie sich. Sie wurde blass und rannte zum Kalender. »Hast du zweiundzwanzigster November gesagt?«

»Ja, warum?«

»Weil das die Thanksgivingzeit ist, Keith! Es ist eine der wichtigsten Shows des Jahres. Wunderbar! Mein Sohn tritt in der Thanksgivingwoche in der *Helen Winifred* Show auf, um darüber zu sprechen, wie er Fürze entstunken hat.« Sie nahm den Kalender und wedelte damit vor meiner Nase herum. »Weißt du, die anderen Mütter und ihr Gerede werden nicht zulassen, dass ich jemals darüber hinwegkomme.«

»Mom?«, unterbrach Emma.

»Ja, Emma?«

»Du magst doch das Wort Fufz nicht, erinnefst du dich?«

Mom sah besiegt aus. Ich drehte mich um, packte meinen Rucksack und rannte aus der Tür.

Wir ♥ Fürze

Sobald ich in den Schulbus eingestiegen war, fiel mir die seltsame Atmosphäre auf. Die anderen Kinder sahen mich, kicherten los und blickten dann gleich wieder weg. Ich konnte es mir nicht erklären, aber irgendwas ging hier vor.

Scott stieg dazu und setzte sich neben mich. Er hatte seine Jacke bis zum Hals hochgezogen. Sonst trug er niemals eine hoch geschlossene Jacke. Mr Cherub sagt ihm immer wieder, er soll sie zumachen, sonst würde er krank. Doch Scott ist einer von den Jungen, die freiwillig nie eine Jacke tragen, auch wenn es draußen friert. Und daher war die Jacke – und dann auch noch geschlossen – äußerst verdächtig.

»Was ist heute los, Scott?«

»Nichts. Nur ein weiterer Montag im Paradies, mein Freund.«

»Ich meine, warum benehmen sich alle so komisch? Und warum hast du dir die Jacke bis oben hin zugezogen?«

»Ich hab meine Jacke an, weil es draußen kalt ist, und langsam fange ich an, auf Mr C zu hören.«

»Das glaube ich dir nicht eine Sekunde. Was ist hier los?« Ich sah mich wieder im Bus um, und alle Augen zuckten zur Seite, wenn sich unsere Blicke trafen.

»Es ist nur ein weiterer Tag im Paradies. Ich weiß nicht, was ich sonst sagen soll«, wiederholte er mit einem Lächeln.

Irgendwas war nicht in Ordnung, doch ich kam nicht dahinter, was es war. An der Schule angekommen, stiegen Scott und ich aus dem Bus. Wir betraten das Schulhaus, gingen durch den Flur und dann in unser Klassenzimmer. Und jetzt kam ich dahinter, was los war. Alle in der Klasse trugen denselben Button, einschließlich Mr C. Auf dem Button stand: »Wir lieben Fürze«, doch statt dem Wort lieben war da ein ♥ zu sehen. Ich wandte mich an Scott, der jetzt seine Jacke ausgezogen hatte, um seinen Button zu präsentieren.

»Bitte schön«, sagte er lächelnd und ging zu seinem Platz.

»Guten Morgen, Keith. Ich hoffe, du hattest ein

schönes Wochenende«, fing Mr C an. »Deine Freunde haben sich zusammengetan und uns allen diese Buttons gegeben, um dich bei deinem Endspurt für die Wissenschaftspräsentation zu unterstützen.«

»Das verstehe ich nicht. Sitzt nicht die ganze Klasse an Projekten für die Präsentation?«, fragte ich.

»Natürlich, aber deins ist das einzige, das in die *Helen Winifred Show* kommt. Deins ist das einzige, das unsere Schule in der ganzen Welt repräsentiert. Deins ist das, auf das wir alle zählen.« Ich fand das ziemlich komisch. Beim letzten Mal war Mr C total gegen meine Projektidee, und jetzt ermutigte er mich so, auch wenn er gar nicht wusste, was es war.

Auf der anderen Seite des Klassenzimmers deutete Scott auf seinen Button und zwinkerte mir zu.

Ich spürte, wie sich eine Hand von hinten auf meine Schulter legte. »Guten Morgen, Furz«, begrüßte mich Anthony.

»Anthony, ich hab doch gesagt, dass ich nicht Furz genannt werden will.«

»Zu spät, Kumpel. Hab jetzt einfach Spaß dran, okay? Versuch mal, nicht so verklemmt zu sein.«

Ich drehte mich um und steuerte meinen Platz an. Auf dem Weg dahin wurde ich von fast allen in der Klasse Furz gerufen. Wo waren all diese Buttons hergekommen?

In diesem Moment fingen die Morgendurchsagen an. Die Stimme des Rektors kam über das Lautsprechersystem. »Guten Morgen, Harborside-Grundschule! Und einen extra guten Tag unserem wissenschaftlichen Genie Keith Emerson. Keith, wir sind alle so stolz auf deine Leistungen beim Erfinden von *Süße Fürze* im letzten Jahr, und wir können es kaum erwarten zu sehen, womit du uns bei der diesjährigen Wissenschaftspräsentation überraschen wirst. Wir sind alle so stolz auf dich, Furz … ich meine Keith. Als weitere Schulnachrichten …«

Seine Stimme wurde irgendwie immer leiser. Ich hörte gar nichts mehr. Ich schaute mich im Klassenzimmer um, und es traf mich wie ein Schlag. Die Präsentation dieses Jahr würde entsetzlich werden. Bevor ich *Süße Fürze* erfunden hatte, erwartete niemand etwas von mir. Und dieses Jahr waren die Erwartungen total übersteigert. Sie dachten jetzt, ich wäre ein großer Wissenschaftler. Was sollte ich bloß machen? Dann hörte ich bei der Morgendurchsage die Worte, die kein Schüler jemals hören möchte: »Keith Emerson, komm bitte sofort in das Büro des Rektors.«

9

Kein Druck

Misstrauisch betrat ich das Büro des Rektors. Beim letzten Mal, als ich in Mr Michaels' Büro war, hatte er mich beauftragt, mein *Süße-Fürze*-Experiment fortzusetzen, doch ich war mir ziemlich sicher, dass dieses Gespräch nicht so gut laufen würde.

»Keith«, legte er los, »setz dich hin.« Er lehnte sich in seinem Stuhl zurück. »Keith, ich möchte dir noch einmal sagen, wie stolz die ganze Schulgemeinschaft auf dich ist. Durch die Erfindung von *Süße Fürze* hast du erhebliche Aufmerksamkeit auf unsere kleine Schule gelenkt. Wie du weißt, bin ich ein großer Fan von Benjamin Franklin.« Er zeigte auf ein Bild von Benjamin Franklin an der Wand hinter mir.

»Ja, ich weiß, das haben Sie mir schon mal gesagt.«

»Gut. Als ein Fan von Mr Franklin nehme ich die Tatsache sehr ernst, dass du es mit der Erfindung von

Süße Fürze geschafft hast, einer wissenschaftlichen Herausforderung gerecht zu werden, die der große Benjamin Franklin formuliert hat. Du hast etwas Historisches geleistet. Benjamin Franklin hat 1781 geschrieben, wenn irgendjemand die menschlichen Gase verbessern könnte, wäre das die größte wissenschaftliche Erfindung aller Zeiten, und du, Keith, hast diese Aufgabe gelöst.«

»Ich weiß, Mr Michaels. Da haben wir schon oft drüber gesprochen.«

»Ich möchte mich nur vergewissern«, fuhr er fort, »dass du dir über die Bedeutung dessen, was du getan hast, auch im Klaren bist. Du bist auf dem Weg zur Größe. Wenn du deine Karten richtig ausspielst, könntest du ein wahrhaft großer Wissenschaftler werden.«

»Danke schön. Aber ich verstehe immer noch nicht, warum Sie mich herbestellt haben. Ich sollte wohl besser wieder zum Unterricht gehen.«

»Keith, Mr Gonzales ist einer der angesehensten Köpfe in der wissenschaftlichen Welt. Er hält etwas von dir. Ich halte etwas von dir. Ich möchte nur sichergehen, dass du nicht deine neu gefundene Unabhängigkeit mit Sport und Computerspielen vergeudest da in deinem neuen Labor.« Mit besorgtem Blick beugte er sich vor.

»Also, ich würde nicht sagen, dass ich meine Zeit vergeude. Am Wochenende erst hatten wir eine große Konferenz und haben an ein paar Ideen herumgeknobelt.« Dass sie alle fürchterlich waren, ließ ich aus.

»Gut! Ich freue mich zu hören, dass du am Ball bleibst. Ich fände es mehr als katastrophal, wenn die Wissenschaftspräsentation näher rückt und du die Gelegenheit verpassen würdest, die Welt erneut zu begeistern.« Als er das sagte, spürte ich, wie mich ein Schub von nervöser Hochspannung von den Zehen bis in die letzte Haarspitze durchfuhr. Eine solche Last hatte ich noch nie auf meinen Schultern gespürt. Es drückte die schreckliche Wahrheit, dass die Möglichkeit zu versagen extrem groß war. Und da war auch noch das Riesenproblem: Ich hatte keine Ahnung, woran ich arbeiten sollte!

»Ich wollte dir außerdem sagen, dass ich Scott und Anthony die Erlaubnis gebe, dir zu helfen, und dass ich die Arbeit, die sie dabei leisten, ihren eigenen Projekten anrechne. Doch das liegt ganz bei dir. Schließlich ist es deine Firma. Wenn du ihre Hilfe wünschst, wunderbar. Wenn nicht, sind sie für ihre eigenen Projekte verantwortlich.«

»Ich werde darüber nachdenken, Mr Michaels.« Mir ging ihre Idee mit dem Silencer durch den Kopf. »Im

Augenblick scheinen wir an verschiedenen Ideen zu arbeiten, doch das klären wir noch.«

Ich stand auf, und wir gaben uns die Hand. Dabei bemerkte ich, dass auf seinem Schlips stand: »Wir ♥ Fürze.« Dann fragte er noch: »Übrigens, hast du schon über einen Firmennamen entschieden?«

Ich schüttelte den Kopf. »Auch daran arbeite ich noch, Mr Michaels.«

Als ich sein Büro verließ, gingen mir zwei erschreckende Gedanken durch den Kopf. Der erste war, dass ich noch immer keine Ahnung hatte, was ich für die Präsentation fabrizieren sollte. Und der zweite war, dass Scott und Anthony tatsächlich schon eine Idee hatten. Die beiden Schwachköpfe waren weiter als ich! Dann merkte ich, dass ich auf den Nägeln kaute, während ich auf dem Weg durch den Flur zu meinem Klassenzimmer war.

10

Zeigen und Riechen

Später am Abend setzte mich Oma vor unserem Haus ab. Mehrere Stunden hatten wir im Labor gearbeitet, und jetzt war es nach acht Uhr. Emma lag bereits im Bett. Als ich reinkam, saßen meine Eltern am Esstisch. Sie wirkten sehr ernst.

»Was ist los, Leute?«, fragte ich.

»Tja, mein Sohn, deine Schwester hatte heute in der Vorschule Zeigen und Erklären. Was glaubst du wohl, was sie mitgenommen hat, um es all ihren kleinen Freunden zu zeigen?«, fragte Dad.

»Einen Teddybär?« fragte ich hoffnungsvoll.

»Nein«, unterbrach meine Mutter. »Sie hat einen Rucksack mitgenommen, der gerammelt voll war mit *Süße-Fürze*-Päckchen. Zwanzig Minuten lang hat sie darüber gesprochen, wie gern sie Gase von sich gibt. Ihre Lehrerin sagt, sie hätte tatsächlich während ihrer Darbietung mehrere Male Gas abgesondert, verdammt noch mal. Die Lehrerin möchte als Erstes morgen früh ein Eltern-Lehrer-Gespräch mit uns!« Mom stand auf und ging in die Küche, um ihren Teller in die Spüle zu stellen. Sie sah aus, als würde sie gleich anfangen zu weinen.

Ich schaute meinen Dad an. Er hatte die Hand vor den Mund gelegt, als würde er angestrengt nachdenken, doch als ich genauer hinsah, wurde mir klar, dass er versuchte, nicht zu lachen. Er mied meinen Blick. Ihr wisst ja, wie es ist, wenn man krampfhaft versucht, nicht loszuprusten. Er wusste genau, wenn er mich ansah, würde er ausflippen.

»Mensch, Mom«, sagte ich mit so lauter Stimme, dass sie mich in der Küche hören konnte, »Dad scheint darüber so wütend zu sein, dass er mich nicht mal angucken will.« Ich setzte mich auf den Stuhl ihm gegenüber.

Mom kam wieder ins Zimmer und setzte sich neben mich. »Komm schon, Keith. Du und ich, wir wissen genau, dass dein Dad nur versucht, nicht zu lachen.« Und da brach mein Dad endlich in hysterisches Gelächter aus.

»Ich kann nicht anders«, japste er. »Ich hab ständig vor Augen, wie Emma … wie Emma vor der Klasse zwanzig Minuten lang über Fürze redet. Das haut mich um, so komisch ist das. Sie hat es ›Zeigen und

Riechen‹ genannt.« Die Tränen liefen ihm über die Wangen. Meine Mutter und ich zeigten nicht das kleinste Lächeln. Dad bremste sich für eine Sekunde, dann verlor er wieder die Kontrolle.

»Natürlich«, schaffte er es schließlich zu sagen, »ist das nichts, worüber man lachen sollte.« Er stand auf und gab sein Bestes, um ernst zu bleiben. »Ich kann nicht anders«, sagte er und wischte sich die Tränen aus den Augen, als er aus dem Zimmer ging.

Mein Mom verzog das Gesicht. »Dein Vater kommt zurück, sobald er sich wieder unter Kontrolle hat. Wir brauchen einen Plan, was wir mit ihr machen, Keith. In der letzten Zeit ist es nicht nur das Ablassen von Gasen bei ihr. Sie isst auch nichts. Du warst in ihrem Alter schwierig, was das Essen betraf, aber bei ihr ist es damit regelrecht unheimlich. Morgen gehe ich nach der Schule mit ihr zur Ärztin, weil sie nicht zunimmt, wie sie eigentlich sollte.«

»Sollen Kinder denn nicht dünn bleiben, um gesund zu sein?«, fragte ich.

»Ja, aber deine Schwester ist da angelangt, wo sie nichts außer Süßigkeiten und Chips haben will. Sie isst kein Fleisch, kein Gemüse und kein Obst. Neulich habe ich es nicht einmal geschafft, sie dazu zu bringen, eine Pizza zu essen.«

»Wie meinst du das? Mag sie im Ernst überhaupt nichts Gesundes essen?«, fragte ich besorgt. »Was hat sie denn gegessen?«

»Soweit ich mich erinnern kann, hat sie in der letzten Zeit nichts anderes gegessen als Salzbrezel und Dauerlutscher.«

»Im Ernst?«

»Ja. Ich will dir keine Angst machen, Keith, aber das ist ein echtes Problem. Ich hab sie vor Kurzem gewogen. In diesem Monat hat sie sogar an Gewicht verloren. Das ist nicht gut für ein Kind im Wachstum.«

Ich fand schon, dass meine Eltern Emma dazu bringen sollten, etwas Gesundes zu essen. Sie müssten sich einfach etwas mehr anstrengen.

»Ich stehe morgen früher auf und mache ihr ein Spezialfrühstück«, sagte ich. »Ich bring das Mädel ans Essen. Du wirst schon sehen.«

11

Anthony wird bösartig

Der nächste Schultag verlief ziemlich reibungslos. Gott sei Dank gab es kein Gespräch mit dem Rektor und nicht solche Überraschungen wie gestern, außer dass ich häufiger Furz genannt wurde, als ich mitzählen konnte. Ich wartete vergeblich darauf, dass mich jemand Keith rief oder wenigstens S.B.D., allein um der alten Zeiten willen, doch das passierte nie. Scott und Anthony hatten meinen Namen erfolgreich von der Bildfläche verschwinden lassen und mich in Furz umbenannt.

Oma holte mich zusammen mit Anthony und Scott nach der Schule ab, und gegen halb vier landeten wir alle im Labor. Sie verschwand sofort in ihrem Raum, um sich an die Arbeit zu machen. »Obst wird nicht von alleine eckig, Jungs«, sagte sie, während sie den Gang entlanglief.

Ich fackelte auch nicht lange rum. »Also, Leute«,

sagte ich, als wir am Tisch saßen und etwas aßen. »Es ist kein Geheimnis, dass ich keine Idee für die Wissenschaftspräsentation habe. Darüber hab ich heute nachgedacht, und ich glaube, ein Teil des Problems besteht darin, dass wir immer noch keinen Firmennamen haben. Wir haben das ganze coole Zeug hier, und *Süße Fürze* sind überall zu kriegen, aber wir haben keinen Namen. Mr Gonzales hat seine Firma, Gonzales World Wide. Und wir bräuchten schon längst einen Namen.«

»Ja, genau«, fügte Scott hinzu. »Wir brauchen einen Namen. Und wir könnten auch eine Website gebrauchen. Auf der könnten wir schreiben, woran wir gerade arbeiten. Dann würden die in der Schule aufhören, mich danach zu fragen. Ich hab es satt, den ganzen Tag den Silencer zu erklären.«

»Okay, irgendwelche Vorschläge?«, fragte ich.

»Ich hab's«, verkündete Anthony. »Die Furzfabrik!« Er klatschte in die Hände und stand vom Stuhl auf. »Gebongt! Das war einfach! Und jetzt lass uns wieder an die Arbeit gehen. Nichts zu danken, Furz.«

»Nein, nicht die Furzfabrik«, sagte ich. »Ich möchte von dem ganzen Furzimage wegkommen. Das wird mir ein bisschen zu viel. Ich war letztes Jahr der S.B.D., und nun bin ich der Furz, wofür ich mich ganz herzlich bei euch bedanke. Mir ist es wichtig, dass der Firmenname etwas feiner klingt.«

»Du hast was erfunden, das Fürze gut riechen lässt«, meinte Scott. »Wie fein wünschst du denn zu werden?«

»Ich weiß nicht. Wir müssen uns nur gemeinsam darauf konzentrieren …« Im selben Moment erwischte ich einen Hauch von etwas, das ich schon seit langer Zeit nicht mehr gerochen hatte. Ich fing schon an zu würgen, doch dann nahm ich mich zusammen und unterdrückte es. Für den Bruchteil einer Sekunde konnte ich es nicht einordnen, aber dann traf es mich wie ein Schlag. Zum ersten Mal seit Monaten hatte ich einen Furz gerochen! Keinen neuen und verbesserten *Süße-Fürze*-Furz, ich roch einen altmodischen ekelhaften Stinker. Scott traf es einen Augenblick später.

»Oooohhhh nein!«, schrie er. »Was ist denn da los?« Er hielt sich die Nase zu, sprang auf und rannte zur Hintertür. Dann war er draußen und kam nicht mehr zurück.

Anthony stand vor mir und legte eine Hand auf meine Schulter. »Tut mir leid, Mann!«, sagte er stolz. »Ich bin jetzt über deine kleine Erfindung weg. Ich mache das Furzen wieder zu dem, was es früher war.«

»Wovon redest du denn?«, fragte ich und versuchte, es fortzuwedeln. »Es war so ekelhaft, dass ich noch nicht darüber weg bin.«

»Ich muss dir das hier und jetzt sagen, ich bin über *Süße Fürze* weg. Die passen einfach nicht zu mir. Ich bin eher so ein natürlicher Typ. *Süße Fürze*, das kommt mir so falsch und gekünstelt vor. Von jetzt an lasse ich es nach guter alter Art krachen.«

12

Das Familienunternehmen

An diesem Abend setzte mich Oma gegen acht Uhr ab. Emma war im Bett, und meine Eltern saßen am Tisch. Es war ganz so wie am Abend zuvor.

»Ich trau mich nicht zu fragen«, sagte ich.

»Wie wäre es, mit ›Es tut mir leid‹ anzufangen?«, fragte meine Mom.

»Was soll mir denn leidtun?«, fragte ich.

»Wenn ich mich richtig erinnere, hast du gestern Abend gesagt, du würdest aufstehen und Emma ein tolles großes Frühstück machen. Du hast gesagt, ich sollte mir keine Gedanken machen.«

»Ach du Schande! Das hab ich total vergessen. Mom, das tut mir so leid. Ich hatte es wirklich vor, und dann hab ich so in meinem eigenen Kram gesteckt, dass ich es total vergessen hab.« Frustriert schlug ich mir vor die Stirn.

»Ist schon gut«, sagte sie. »Es hätte sowieso nicht

geholfen. Heute hat sie nichts gegessen. Die Ärztin hat mir gesagt, ich sollte mich nicht erweichen lassen und ihr nichts von dem Zeug geben, was auch immer sie haben will. Sie meint, wenn Emma so weit ist, etwas Gutes zu essen, dann würde sie auch essen. Und so hat deine Schwester heute von dem Moment an, als sie aufgewacht ist, bis zu dem Zeitpunkt, als sie ins Bett gegangen ist, überhaupt nichts gegessen.« Mom wirkte, als würde sie gleich anfangen zu weinen. Heute Abend lachte Dad nicht.

»Oh ja, und dann hat es heute ja auch das Gespräch mit der Lehrerin gegeben«, sagte mein Vater. »Ich weiß, dass ich viel rumblödele, aber wir müssen das mit deiner Schwester im Auge behalten. Sie geht mit diesem *Süße-Fürze*-Zeug echt zu weit. Die Lehrerin hat gesagt, dass sie in der Klasse erzählt, *Süße Fürze* wäre ihr Familienunternehmen. Ich schätze, das ist zwar irgendwie richtig, aber sie muss einen Gang runterschalten.«

»Ich bin sehr erleichtert, dass dein Vater das sagt«, bemerkte meine Mutter, »denn ich brauche bei Emma die Unterstützung von euch beiden.«

»Tut mir leid, dass ich so durchgedreht war, Mom. Ich verspreche dir, dass ich versuchen werde, mehr bei Emma zu helfen. Ich flippe nur gerade wegen meines Projekts völlig aus. Der Druck ist dieses Mal einfach zu groß, und die Jungs sind auch keine besondere Unterstützung.«

»Das hab ich bemerkt«, sagte Mom. »Ich habe die Artikel über die Interviews gelesen, die du gegeben hast. Es tut mir so leid, dass sie dich jetzt Furz nennen.«

»Ja, wem sagst du das. Als sie mich S.B.D. genannt haben, hab ich gedacht, jeder andere Name wäre besser als der, aber auf Furz war ich nicht gerade wild.« Und dann passierte etwas, das immer mal wieder zwischen mir und Mom vorkommt: Wir fingen beide gleichzeitig an zu lachen. Nicht direkt über meinen Spitznamen. Wir lachten über all den verrückten Kram, der in der letzten Zeit so passiert war. Und das Gelächter half, einen Teil von meinem Stress wegzuschmelzen, und es war schön zu sehen, dass sich Mom zur Abwechslung mal entspannte.

Dann roch ich es. Es war vertraut und fremd zugleich. Dad stand auf. »Ich glaub, ich geh jetzt mal zu Bett«, sagte er. »Es ist schon spät, und ich wünsche euch beiden noch einen schönen Abend.« Er verbeugte sich leicht und wollte aus dem Zimmer gehen.

»Schatz, dass kann doch nicht dein Ernst sein«, sagte Mom, während sie Mund und Nase mit der Hand verdeckte.

»Liebling, ich mache das für Emma. Sie muss daran

erinnert werden, wie schrecklich Fürze sind. Bis auf Weiteres nehme ich *Süße Fürze* nicht mehr«, posaunte er und zog sich schnell aus dem Zimmer zurück.

Ungläubig schaute ich Mom an. »Ist denn das zu fassen? Was die Sache noch schlimmer macht, auch Anthony hat damit aufgehört. Jetzt weigern sich ausgerechnet die beiden Menschen, *Süße Fürze* zu nehmen, für die ich es in erster Linie erfunden hab. Was ist denn da los?«

»Ich weiß es nicht, aber wenn dein Vater *Süße Fürze* nicht mehr selber nimmt, könnte es sein, dass ich sie zermahle und sie ihm jeden Morgen in sein Frühstück mische. Mit Emma habe ich schon genug Sorgen. Ich will nicht mehr zurück in die Zeit vor *Süße Fürze* – mit deinem stinkenden Vater.«

»Also gibst du es zu«, sagte ich lächelnd.

»Was soll ich zugeben?«

»Zugeben, dass *Süße Fürze* dein Leben verbessert hat.«

»Ich bin stolz darauf, dass du so klug warst, eine so erstaunliche Erfindung zu machen. Aber tu mir einen Gefallen: Erfinde diesmal was, über das die anderen Mütter nicht hinter meinem Rücken lachen. Okay?«

»Ich werd's versuchen, Mom, aber versprechen kann ich nichts.«

13

Was passiert, wenn man nichts isst?

Die restliche Woche verlief ziemlich ähnlich. Anthony und Dad straften uns andere weiterhin mit zahlreichen Andenken daran, warum ich in erster Linie *Süße Fürze* erfunden hatte, Oma hatte sich in ihrem Raum im Labor eingeschlossen und arbeitete daran, Obst eckig zu machen, und Emma aß nichts. Sie hatte fast einen ganzen Tag lang nicht mehr als ein Glas Wasser zu sich genommen, als Mom schließlich nachgab und sie essen ließ, was sie wollte. Emma wählte Fruchtgummis. Mom wirkte erleichtert, dass Emma sich für etwas entschieden hatte, in dessen Name das Wort *Frucht* vorkam. Die Tatsache, dass die Dinger praktisch nur aus Zucker und Lebensmittelfarbe bestanden, tat nichts zur Sache – Emma hatte überhaupt etwas gegessen! Dummerweise war Fruchtgummi von da an das Einzige, was sie essen wollte.

Und so bekam Emma zum Frühstück eine kleine Tüte mit Fruchtgummis, zum Mittagessen eine kleine Tüte mit Fruchtgummis, und zum Abendessen hatte sie eine kleine Tüte mit Fruchtgummis. Das war's dann. Nicht mehr und nicht weniger. Emma machte mir echt Sorgen.

Am Samstagabend saß ich an meinem Computer. Der Stress mit Emma machte mir zu schaffen. Und wenn ich mir wegen zu vieler Dinge Sorgen mache, kommt mein Kopf völlig durcheinander. Daher beschloss ich, über das Internet nach einer Antwort auf Emmas besondere Lage zu suchen. Ich tippte bei der Suchmaschine ein: Was passiert, wenn man nichts isst?

Ich klickte die erste Seite oben in der Liste an. Die Antwort auf meine Frage war: Man stirbt.

Ich las ein paar andere Seiten durch, und sie besagten alle dasselbe, nur mit netteren Worten. Emma musste eindeutig vernünftiger essen, und ich wusste nicht, wie ich da helfen konnte. Ich beschloss, diesmal am Morgen wirklich früher aufzustehen und zu versuchen, sie dazu zu bringen, etwas anderes außer Fruchtgummi zu essen.

Dann dachte ich wieder über Ideen für mein Projekt bei der Wissenschaftspräsentation nach. Ich schrieb: Das Problem.

Lange Zeit saß ich da und überlegte, welches Problem ich lösen wollte. Das Einzige, was mir einfiel, war die Tatsache, dass mir kein Problem einfiel, das ich lösen wollte. Vielleicht sollte ich einfach bei Oma mitmachen und versuchen, über eine Möglichkeit nachzudenken, eckige Birnen wachsen zu lassen. Oder ich könnte Anthony und Scott beim Versuch helfen, stille Fürze zu machen – auch wenn ich glaubte, keine neuen Furzversuche durchführen zu können. Dad würde dabei keinerlei Hilfe sein – soweit ich wusste, war er seit dem Kotzfestival nicht mehr im Labor gewesen. Wahrscheinlich hatte er Angst davor, dass es noch einmal passierte.

Schließlich beschloss ich, ins Bett zu gehen und am nächsten Tag ausgeruht neu anzufangen. Das, was ich bisher hatte, speicherte ich auf dem PC. Dort stand ganz einfach: Das Problem: Ich habe keine Ideen.

14

Willkommen im Furzpalast

Am Sonntag wachte ich spät auf. Ich schaute auf den Wecker: Viertel nach elf. Ich war erstaunt, so lange geschlafen zu haben wie sonst nie. Zum ersten Mal nach langer Zeit fühlte ich mich ausgeruht. Doch dann sackte mein entspanntes Gefühl weg, als mir klar wurde, dass ich das Frühstück verschlafen hatte.

Ich sprang aus dem Bett und rannte im Schlafanzug nach unten. Dad schlief auf der Couch, Mom saß vor ihrem Computer und suchte nach Ratschlägen, wie man Kinder dazu bringen konnte, etwas zu essen, und Emma sah fern. Mit der Fernbedienung knipste ich Emmas Film weg.

»He, was soll das denn, Brudef?«, wollte Emma wissen.

»Das heißt Bruder mit ’nem R am Ende, nicht Brudef mit ’nem F hinten. Und du kommst jetzt mit in die Küche und kochst mit mir, kleines Fräulein.«

»Ich darf mit dir kochen?«, fragte sie aufgeregt.

»Ja, darfst du. Wir machen jetzt ein klasse Essen. Was meinst du?«

Mom lächelte mich an, und ich glaube, es standen ihr ein paar »Glückstränen«, wie sie das gern nennt, in den Augen. Es gab mir ein gutes Gefühl, dass ich jemandem helfen konnte und nicht über meine eigenen Probleme grübelte.

»Was machen wir?«, fragte Emma.

»Wir machen meine berühmte chinesische Gemüsepfanne«, sagte ich. Chinesische Gemüsepfanne war die einzige Sache, die ich kochen konnte. Als ich in der dritten Klasse war, wollte ich Chefkoch werden. Deshalb hatte ich mich an den Computer gesetzt und nachgesehen, wie man mein Lieblingsgericht kocht, das damals eben die chinesische Gemüsepfanne war. Mom half mir bei der Zubereitung, und seitdem habe ich immer mal wieder chinesische Gemüsepfanne gekocht.

Nachdem ich dann die Schneidebretter und Töpfe wieder abwaschen musste, war es mit meinem Wunsch, Chefkoch zu werden, bald wieder vorbei. Aber ich hatte gelernt, wie man eine Sache zubereitet – und die chinesische Gemüsepfanne sollte nun auch zu Emmas Lieblingsgericht werden. Das konnte ich deutlich spüren. Jetzt würde ich die Lage retten.

Emma half mir, das ganze Gemüse aus dem Kühlschrank zu holen. Sie half mir, es zu waschen, und nachdem ich es geschnitten hatte, füllte sie alles in eine Schüssel. Immer wenn ich eine Gemüsesorte geschnitten hatte, versuchte ich, sie dazu zu bringen, es zu probieren, doch sie wollte nicht. Wir schnitten Karotten, Brokkoli, Tomaten, grüne Bohnen und sogar kleine Maiskölbchen.

Emma aß nichts.

Sie half mir, alle meine geheimen Zutaten für die Soße zusammenzumischen. In einer Schüssel vermengte sie Sojasoße, Wasabi, Teriyaki, braunen Zucker, Knoblauch, Zwiebeln und Hühnerbrühe. Dann half sie mir, braunen Reis zu kochen. Mit einem Messbecher maß sie die richtige Menge ab und schüttete ihn für mich ins Wasser. Ich war mir sicher, wenn sie überhaupt etwas essen würde, wäre es der braune Reis mit einem bisschen von meiner berühmten Soße.

Als wir fertig waren, glich die Küche einem absoluten Saustall. Es war jetzt halb eins, und ich war total erledigt. Ich ließ Emma etwas Gemüse auf vier Teller verteilen, die sie dann zum Tisch brachte, und wir gossen noch Limonade in vier Gläser. Emma machte das alles richtig Spaß.

Als alles fertig war, sagte ich ihr, wir könnten doch

so tun, als wäre das ein vornehmes Restaurant, und uns schön anziehen. Das Essen war heiß, und ich fand, das wäre eine tolle Möglichkeit, es etwas abkühlen zu lassen und Emma wegen des Essens bei Laune zu halten.

»Kann ich das rosa Kleid mit den Streifen anziehen?«, fragte sie. »Das, das mir Oma geschenkt hat?«

»Klar kannst du das«, meinte ich. »Mach nur schnell, damit das Essen nicht kalt wird.«

»Und meine schicken schwarzen Schuhe«, fügte sie noch an, während sie schon zu ihrem Zimmer rannte.

»Klar«, sagte ich.

Wie ein Blitz verschwand sie in ihrem Zimmer. Auch ich rannte in mein Zimmer und zog schnell meinen einzigen Anzug an. Während ich mir vor dem Spiegel den Schlips umlegte und zurechtrückte, war ich ganz schön stolz auf mich. Warum hatten meine Eltern nicht an so was gedacht? Vielleicht war ich doch ein großer Geist. Ich meine, sie hatten schon eine ganze Weile mit dem Problem nicht umgehen können. Sie hatten mit der Lehrerin und der Ärztin gesprochen, und nun war ich drauf und dran, das Problem mit Emma und dem Essen im ersten Anlauf zu lösen.

Ich rannte wieder nach unten und setzte mich schon mal an den Esstisch. Emma kam gleich darauf angeflitzt.

»Du siehst wunderschön aus, Emma. Das Essen riecht herrlich, und ich kann es kaum abwarten, es zu essen. Warum holst du nicht Mom und Dad rein?«, fragte ich.

Sie streckte beide Daumen hoch und rannte lächelnd aus dem Zimmer. Nur noch ein kurzer Augenblick, und ich würde ein Held sein. Ich konnte es kaum noch aushalten, so aufgeregt war ich.

Mom und Dad kamen zusammen rein. »Willkommen in unserem Restaufant«, sagte Emma stolz.

»Wow«, sagte Dad. »Was ist denn hier los?« Beim Hinsetzen zwinkerte er mir zu. Auch Mom sah echt glücklich aus. Es schien ihr sogar nichts auszumachen, dass Emma das zweite R in Restaurant nicht richtig ausgesprochen hatte. Es war ein echt tolles Gefühl. Die konnten ganz schön von Glück reden, dass sie hier ein Kind wie mich hatten.

»Wie ist denn der Name von deinem schönen Restaurant, Emmaschatz?«, wollte Mom wissen.

»Ich weiß nicht.« Sie blickte mich an. »Wie heißt unser Restaufant?«

»So, wie du es nennen willst, Emma«, sagte ich mit meiner herzigsten Stimme.

Einen Moment lang tippte sie sich mit dem Finger gegen die Schläfe, als würde sie schwer nachdenken, und sagte dann: »Ich hab's.«

»Was?«, fragte Mom und leuchtete regelrecht auf.

»Mein Restaufant heißt Emmas Fufzpapast«, sagte sie und fiel vor Lachen fast vom Stuhl.

Dad fing an zu lachen, konnte sich dann aber wieder bremsen. »Emma, Fürze sind nicht lustig«, fing er an. »Willst du, dass Daddy einen fahren lässt, um dir zu zeigen, was ich meine?«, fragte er ernst.

»Nein!«, schrie ich. »Jetzt bleib bloß auf dem Teppich, das kann doch nicht dein Ernst sein, Dad! Emma, wenn du es Furzpalast nennen willst, dann bitte. Aber ich jedenfalls kann es kaum abwarten, was zu essen.« Ich griff nach meiner Gabel und nahm einen Bissen. »Es ist große Klasse, Emma«, sagte ich, wobei ich meine Eltern anfunkelte und darauf wartete, dass sie meinem Beispiel folgten.

Mom tat das und nahm einen Bissen. »Oh, Schatz, das musst du mal probieren.«

Dad kapierte und nahm ebenfalls einen Bissen. »Boah, das ist großartig, Emma.«

»Warum probierst du nicht auch mal, Emma?«, fragte ich.

»Neee«, sagte sie. »Ich mag kein Essen, erinnefst du dich nicht?«

»Aber du kannst kein Restaurant haben und selbst nichts essen«, meinte ich schlau.

In dem Augenblick bemerkte Emma, dass sie einen mächtigen Fleck auf ihrem rosa Kleid mit den Streifen hatte. Es sah aus wie Sojasoße.

»Oh nein!«, schrie sie. »Mein Kleid!«

»Ist schon in Ordnung«, meinte meine Mom. »Ich krieg das Kleid schon wieder hin, Emma. Mach dir mal keine Sorgen.«

Emma heulte wie verrückt los. Als sie sich von ihrem Stuhl zappelte, stieß sie aus Versehen ihren Teller vom Tisch, und die chinesische Gemüsepfanne landete auf ihren schicken schwarzen Schuhen. Ihr Geheul steigerte sich zu einem hysterischen Anfall.

»Macht das weg!«, schrie sie.

Mom sprang auf und versuchte, Emma zu beruhigen. Dad sah aus, als stünde er komplett unter Schock. Ich konnte nicht fassen, was da passierte. Ich versuchte, Emma zu sagen, dass alles wieder gut würde, doch sie war so durcheinander, dass es gar keinen Sinn hatte.

Als Mom versuchte, ihr das Essen von den Schuhen zu wischen, rannte Emma los, und als sie losrannte, rutschte sie aus. Als sie ausrutschte, fiel sie mit dem Gesicht nach unten in einen großen Haufen chinesischer Gemüsepfanne. Als sie das Gesicht wieder hob, war es vollkommen bedeckt mit brauner Soße. Reis und Gemüse klebten ihr in den Haaren, und sie schrie: »Ich hasse Essen!«, und dann stürmte sie aus dem Zimmer.

15

Omas Labor

Die neue Woche kam und verging im Nu. Emma aß weiter nur Süßigkeiten und Chips, Mom machte sich weiter Sorgen, und Dad – also ich weiß nicht genau, was Dad tat, aber mit Sicherheit habe ich ihn ein paarmal gerochen. Und ich, ich hatte mich noch immer nicht aus der Problemzone meines Projekts herausbewegt.

Im Lauf der Woche dachte ich, ich hätte die eine oder andere gute Idee, doch keine führte zu einem klaren Plan für ein Projekt, das ich für die Präsentation in Angriff nehmen wollte. Jetzt waren es nur noch fünf Wochen, bis Mr Gonzales aus Afrika zurückkäme. Die Wissenschaftspräsentation war dann eine Woche später.

Ich war auf dem Baseballplatz hinter dem Labor und schlug nach Bällen, die die Wurfmaschine ausspuckte. Es war hier draußen ziemlich kalt, aber das war mir egal. Das Aufprallen der Bälle und das Schwingen des Schlägers halfen mir beim Denken.

Nach rund einer Stunde wurden meine Hände allmählich doch zu kalt, und ich ging rein. Anthony und Scott arbeiteten in ihrem Raum vor sich hin. Ein paar Wissenschaftler aus dem Labor von Mr Gonzales waren bei ihnen. Ich zog es vor, für eine Weile in Omas Labor zu gehen. Als ich reinkam, blieb mir der Mund offen stehen. Es war nicht zu fassen, wie viele Obstbäume sie in den Raum gestopft hatte. Fünf oder sechs Wissenschaftler waren damit beschäftigt, an ihnen herumzufummeln. Eine Frau spritzte gerade eine blaue Flüssigkeit in den Wurzelballen eines Birnbaums. Ein anderer Wissenschaftler besprühte die Blätter des Baums aus einer Flasche, die voll Nebel zu sein schien. Oma konnte ich nirgends entdecken.

»Entschuldigen Sie«, sagte ich zu der Frau mit der Nadel. »Haben Sie meine Großmutter gesehen?«

Die Frau deutete nach oben in den Birnbaum, der fast sechs Meter hoch war. Ich blickte hoch und sah Oma ganz oben. Sie trug eine Schutzbrille und sprühte denselben Nebel auf die Birnen, die an den oberen Ästen hingen.

»Hallo Kaugummi!«, sagte sie und sah zu mir runter. Sie hat die Angewohnheit, mir ganz zufäl-

lige Worte als Spitznamen zu geben. Sie hatte mich schon Rockstar, Bohnenstange und Knallfrosch gerufen. Mir selbst gefiel Hackfleisch am besten. Fragt mich nicht, warum sie das macht oder woher die Worte kommen. Es ist einfach eines der Dinge, die Oma eben zu Oma machen.

Blitzartig kam sie von dem Baum herunter. »Worum geht's, Zaunrübe?«, fragte sie.

»Ich hab gedacht, ich komm mal vorbei und rede ein bisschen mit dir. Hast du Zeit?«

»Für dich hab ich immer Zeit, das weißt du doch.« Sie gab ihre Sprühflasche einem Wissenschaftler, der gerade vorbeikam. »Können Sie bitte da hochklettern und für mich weitermachen?«

»Aber sicher, Oma«, sagte er. Ich war ein bisschen überrascht, dass sogar die Wissenschaftler sie Oma nannten. Auf der anderen Seite kann man sich aber auch nur schwer vorstellen, dass jemand sie anders als Oma nennt, eben weil sie so eine spezielle Oma ist.

Sie ging aus ihrem Labor, die Schutzbrille immer noch auf, ich hinterher. Anthony und Scott waren auf dem Spielfeld und spielten mit ein paar Wissenschaftlern Basketball. »Gehen wir irgendwohin, wo wir in Ruhe reden können«, sagte Oma.

»Komm mit«, meinte ich. »Ich kenne die ideale Stelle.« Ich meinte mein Labor.

Oma machte ein ganz erschrockenes Gesicht, als sie den leeren Raum sah. »Oh, Hasenohr, du hast hier wohl wirklich gar nichts am Laufen, oder?«

»Nein«, sagte ich. »Warum? Hast du gedacht, ich mache Witze?«

»Ich hab gedacht, inzwischen würdest du an etwas arbeiten. Ich war der Meinung, du wärst nur noch nicht so weit, darüber zu reden. Okay, dann machen wir es so: Ich lasse heute Abend die Leute aus meinem Labor alles hier reinräumen, und du wirst mein großes Birnenexperiment fortsetzen.«

»Nein, Oma. Ich bin nicht zu dir gekommen, damit du mich rettest. Ich bin da, weil ich einfach so mit dir reden wollte.«

»Ach, du bist so ein richtiges Goldstück. Ich weiß das zu würdigen, aber Keith, mein Lieber, die Präsentation ist in weniger als sechs Wochen. Was hast du denn nun vor?« Sie sah so besorgt aus, wie ich mich fühlte.

»Ich weiß es nicht. Ich stecke immer noch fest. Ich will es unbedingt so gut machen, dass ich gar nicht mehr denken kann.«

»Wie ich schon gesagt habe, ich lasse sie die Bäume mitten in der Nacht hier reinbringen. Du wirst der Mann der eckigen Früchte, und wenn es das Letzte ist, was ich mache. Wir sind noch nicht ganz am Ziel, aber wir haben bereits eine Orange gezüchtet, die die Form einer Banane hat! Das ist doch schon mal was, oder?«

»Ich denke, ja. Es ist nur … Ich weiß einfach nicht, woran ich arbeiten soll.«

»Entspann dich einfach«, sagte sie. »Versuche, nicht zu viel daran zu denken. Was hast du in der letzten Zeit gemacht?«

»Also, in der letzten Zeit war ich wie blockiert. Ich hatte keine Ahnung, welchen Versuch ich für die Präsentation vorbereiten sollte, und Mr Cherub hat gesagt, es müsste gegen etwas sein, das mich an der Welt stört und das ich verbessern würde.«

»Und was stört dich jetzt gerade?«

»Das ist ja das Problem. Ich weiß es nicht.«

»Vertrau dir selbst, dann kommt dir eine Idee. Und jetzt entschuldige mich, ich arbeite weiter an der Verbesserung der Obstwelt. Wenn du dich dafür entscheidest, doch die Idee mit den eckigen Birnen zu übernehmen, dann sag nur ein Wort, und die Obstwelt gehört dir.«

16

Die Konferenz

In null Komma nichts war eine weitere Woche vorbeigerauscht. Inzwischen war schon der 23. Oktober. Oma machte mit ihrer Idee weiter, und Anthony und Scott schienen mit ihrem Projekt ziemlich beschäftigt zu sein. Wir hatten schon lange nichts mehr zusammen gemacht, und so berief ich eine Konferenz ein.

»Also, Leute, lasst uns ein bisschen darüber reden, was wir bisher geschafft haben und wo wir heute mit unseren Projekten stehen. Die Wissenschaftspräsentation ist in vier Wochen, und Mr Gonzales kommt in drei Wochen zurück. Jetzt geht es eindeutig zur Sache.«

»Ich und Anthony gehen jetzt getrennte Wege«, sagte Scott. »Ich kann den Gestank da drin nicht mehr ertragen. Ich hab mich entschieden, den Silencer aufzugeben, auch weil es ein bisschen zu verrückt ist, etwas zu erfinden, das stinkende Fürze leise macht. Die Wissenschaftler fangen an, uns zu fragen, was das eigentlich bringen soll, und ich hab beschlossen, dass ich nicht den nächsten Monat damit verbringen will, Fürze zu riechen. Woran hast du in der letzten Zeit gearbeitet?«

»Keine Idee«, sagte ich. »Ich bin verzweifelt, denke ich mal. Aber was machst du jetzt für die Präsentation?«

»Ich denk noch darüber nach«, antwortete Scott.

»Anthony, bitte sag du mir, dass du etwas vorzuweisen hast.«

»Also wirklich, ich denke schon, Prutt«, sagte er grinsend.

»Wie hat du mich genannt?«, fragte ich.

Scott grinste ebenfalls.

»Ich hab dich Prutt genannt.«

»Und was heißt das?«

»Wenn du ein Schwede wärst, wüsstest du das«, machte er sich über mich lustig.

»Aber ich bin kein Schwede. Reicht es nicht mehr, mich auf Englisch zu beschimpfen? Jetzt machst du das auch noch in anderen Sprachen. Vielen Dank.«

Scott unterbrach mich. »Das bedeutet auf Schwedisch Furz. Anthony und ich haben diese erstaunliche Website gefunden, auf der jedes Wort in jede

Sprache übersetzt wird, die du dir vorstellen kannst. *Furz* heißt auf Schwedisch *prutt*«, sagte er noch einmal und sah dabei sehr selbstgefällig aus.

»Ich hab dich schon beim ersten Mal verstanden, Scott. Ich bin froh, dass ihr Jungs eure Zeit hier im Labor so gut nutzt. Mr Gonzales wird sehr stolz auf euch sein.«

»Entspann dich, Winderigheid«, meinte Anthony grinsend. »Das heißt Furz auf Niederländisch, falls du dich das fragen solltest.«

»Tue ich nicht«, sagte ich genervt. »Sagst du mir jetzt deine Idee oder nicht?«

Anthony legte los. »Es ist an unserer Schule nicht so sehr bekannt, dass ich so was wie ein Mathegenie bin. Schon als ich noch ganz klein war, konnte ich mich an alle möglichen verrückten Daten von Baseballspielern erinnern wie zum Beispiel die durchschnittliche Zahl Schläge und so was.«

»Ach ja?«, fragte ich.

»Da hab ich gemerkt, dass ich ziemlich gut drin bin, bestimmte Muster in Spielerstatistiken zu finden. Manchmal kann ich vorhersagen, wie gut ein Typ beim Schlagen, Fangen oder Laufen ist.«

»Tatsächlich?«

»Deshalb glaube ich, dass ich meine Begabung, Muster zu verstehen, benutzen kann, um die Lottozahlen vorherzusagen. Ich bin auf dem Weg, Millionär zu werden, Furz. Ich bin es leid, an deinem Rockzipfel zu hängen.«

»Anthony, das soll keine Beleidigung sein, aber du kannst nicht die Lottozahlen prophezeien, nur weil du gut darin bist, ein paar Baseballergebnisse vorherzusagen. Und was ist mit dem Silencer?«

»Der Silencer ist langweilig geworden. Und soweit ich das sagen kann, hab ich eine Hypothese, und ihr beide habt nichts außer die Nase voll von dem hier ...« – und Anthony ließ einen vom Leder ziehen.

Scott sagte kein Wort – er rannte mal wieder zur Hintertür. Ich schüttelte den Kopf. Aus Anthony wurde ich nicht schlau. Ihm war es total egal, was andere dachten. Und ihm war wohl nie etwas peinlich.

»Entschuldige mich, wenn ich jetzt gehe und versuche, mein Glück zu machen«, sagte Anthony und lief durch den Flur zu seinem Zimmer.

»Wir brauchen immer noch einen Namen für unsere Firma!«, rief ich.

17

Wie du willst

Die ganze nächste Woche lang tat ich nichts anderes, als an meinem Schwung mit dem Baseballschläger zu arbeiten. Mir war klar geworden, dass die Präsentation ein totaler Fehlschlag werden würde. Mr Gonzales würde aus Afrika zurückkommen, und alles, was ich ihm dann zeigen konnte, wären Omas Obstbäume und Anthonys Zahlen. Er würde mich aus dem Labor schmeißen, und das wäre dann das Ende von allem. Halloween kam und ging vorüber, und ich machte nicht einmal bei Süßes oder Saures mit. Ich machte mir zu große Sorgen wegen der Präsentation.

Am Morgen des 1. November wachte ich auf und wusste zwei Dinge. Erstens würde ich das Labor verlieren. Das war schon mal sicher. Und zweitens war ich drauf und dran, in der *Helen Winifred Show* vor der Schule, meiner Familie und der ganzen Welt gedemütigt zu werden. Wieder überschwemmte mich die Angst. Wenn ich diese Art Angst habe, konzentriert sich mein Verstand total darauf, und ich kann mich überhaupt nicht mehr davon freimachen. Ganz egal, wie sehr ich versuche, an etwas anderes zu denken, mein Verstand lässt einfach nicht locker.

Ich stellte mir mich selbst auf der Wissenschaftspräsentation vor: *Alle anderen Schüler haben ihre Projekte abgeschlossen. Alle Eltern und Lehrer gehen von Klassenzimmer zu Klassenzimmer und begutachten die Arbeiten. Ich sehe mich selbst vor einem leeren Tisch. Wenn die Leute vorbeikommen und fragen, wo mein Projekt sei, zucke ich einfach nur mit den Schultern …*

Dann kam mir eine Idee.

Ich könnte ja sagen, dass mein Versuch mit dem Phänomen der Unsichtbarkeit zusammenhinge, und dass mein Projekt im derzeitigen Status unsichtbar geworden wäre. Das einzige Problem bestand nur darin, dass man es dann aber immer noch anfassen können müsste, auch wenn es gerade unsichtbar war. Unsichtbarkeit war eine blödsinnige Idee.

»Keith!«, hörte ich meine Mom von unten rufen. »Dein Bus ist in ein paar Minuten da!« Ich schoss aus dem Bett und rannte ins Badezimmer. Auf dem Weg dahin blickte ich aus dem Fenster und sah, dass es zum ersten Mal in diesem Jahr schneite. Ich rannte zurück in mein Zimmer und zog ein Thermohemd

an. Ich hatte es noch nicht ganz über den Kopf gestreift, als ich wieder rausflitzte und dabei Emma fast über den Haufen gerannt hätte.

»Puh, pass doch auf, Emma«, sagte ich. Aber sie

rannte einfach weiter an mir vorbei in mein Zimmer rein. Ich drehte um und folgte ihr.

»He, was ist los, Emma?« Sie lag in meinem Bett und hatte sich die Bettdecke über den Kopf gezogen.

»Ich gehe heute nicht zur Schule«, jammerte sie. »Ich gehe heute nicht zur Schule und auch an keinem anderen Tag mehr.« Ich wusste, dass sie weinte, weil ihre Stimme so krächzte, wie es nur klingt, wenn man die Worte nicht richtig rausbekommt.

»Emma, komm schon. Natürlich gehst du heute zur Schule. Warum sagst du mir nicht einfach, was los ist?«

»Mommy hat mir grad gesagt, dass sie mich mit keinen von meinen Spielsachen mehr spielen lässt, wenn ich nicht mein Frühstück esse.«

»Emma, Mommy macht sich halt Sorgen um dich. Sie will nicht, dass du krank wirst. Wenn du nicht isst, wächst du nicht, und dein Körper ist nicht gesund. Niemand will, dass das passiert.«

»Aber das ist doch bloß, weil alles, was ich esse, eklig schmeckt. Nur nicht Süßigkeiten und Chips. Gesund essen kann ich, wenn ich ältef bin. Aber jetzt gerade will ich Süßigkeiten und Chips.«

»Keith!«, schrie Mom wieder. »Du verpasst gleich den Bus, und ich fahre dich heute nicht. Die Straßen sind furchtbar glatt. Du beeilst dich jetzt besser!«

Ich schnappte mir meinen Rucksack. »Tut mir leid, Emma. Ich muss los. Vielleicht können wir heute nach der Schule miteinander reden.«

»Wie du willst«, sagte sie traurig. »Aber kommst ja doch erst so spät nach Hause, und ich bin dann schon im Bett.« Jetzt weinte sie noch stärker.

»Ich versuche, früh nach Hause zu kommen, Emma, versprochen«, sagte ich, während ich schon aus der Tür rannte und versuchte, den Bus noch zu erwischen.

18

Go Gooz

Ich schaffte es gerade noch in den Bus. Etwas später, und die Fahrerin, Mrs Grimp, hätte die Tür geschlossen und mich stehen lassen.

»Ich war schon drauf und dran, ohne dich loszufahren, Furz!«, sagte sie sachlich. Ich fand es nicht so ganz passend, dass die Busfahrerin mich Furz nannte, aber andererseits nannten mich zurzeit alle Furz.

»Bei Schnee musst du früher zu Hause los. Ich habe gehört, du sollst so eine Art Genie oder so sein. Bis du eine Möglichkeit erfunden hast, dich selbst rechtzeitig zur Schule zu befördern, erwarte ich, dass du schon an der Haltestelle stehst, wenn ich vorfahre. Und jetzt setz dich.«

»Ihnen auch einen guten Morgen, Mrs Grimp«, sagte ich und ging nach hinten zu meinem Platz neben Scott. An den Tagen, an denen seine Mutter arbeitet, steigt er beim Haus seiner Tante ein. An diesen Tagen ist er dann schon vor mir im Bus.

Der Bus fuhr los, noch ehe ich richtig saß, und so plumpste ich regelrecht auf den Sitz.

Bevor ich ein Wort sagen konnte, gab mir Scott ein T-Shirt mit der Bemerkung: »Zieh das an.«

»Was ist das?«

»Da ist ein Neuer in der dritten Klasse, vor einer Woche hergezogen. Er läuft bei einem Marathon mit, um Geld für irgendeine wohltätige Sache zusammenzukriegen, bei der seine Eltern mitmachen. Der Marathon ist an diesem Wochenende, und deshalb tragen wir alle die Shirts, um ihn zu unterstützen. Deine Firma hat die Shirts für die ganze Schule bezahlt. Du bist ein mächtig großzügiger Typ«, sagte er mit einem Grinsen.

»Und was hältst du davon, mich beim nächsten Mal erst zu fragen?«, fragte ich. »Warum hab ich nie von dem Jungen gehört? Ein Drittklässler läuft beim Marathon mit? Sind das nicht an die vierzig Kilometer oder so?«

»Zweiundvierzig Komma eins neun fünf Kilometer, um genau zu sein. Jetzt zieh das Shirt schon an.«

Ich hielt es hoch. »Go Gooz«, stand darauf.

»Heißt der Junge Gooz? Was für ein Name ist das denn überhaupt?«, fragte ich.

»Ich weiß nicht. Sein Nachname ist Gooz. Ich hab ihn nicht so genannt«, sagte Scott und schaute aus dem Fenster in den Schnee hinaus.

»Was haben wir dafür bezahlt? Und wieso zahlt die Schule nicht dafür oder die Familie von dem Jungen?«

»Weil ich dem Rektor gesagt hab, dass wir uns darum kümmern würden. Mach dir keine Gedanken. Das ist gut für die Firma. Das können wir in diesem Jahr als gemeinnützige Spende von der Steuer absetzen.«

»Was weißt du denn von Steuern?«, fragte ich.

»Ich weiß halt manche Sachen. Deine Firma, wie immer sie auch heißen wird, braucht Steuerersparnisse. Ich glaube, eigentlich willst du *danke schön* sagen.«

»Ich versuche ganz klar nicht, *danke schön* zu sagen. Scott, wenn du mich verscheißern willst, werde ich fuchsteufelswild.« Ich hätte Scott gern geglaubt, doch irgendwie spürte ich, dass da was nicht so ganz stimmte, auch wenn das Shirt nichts über mich aussagte. Es ging nur um diesen Gooz, und es schien für einen guten Zweck zu sein, auch wenn mir lieber gewesen wäre, wir hätten nichts für die Shirts gezahlt.

Ich zog meine Jacke aus, das Shirt über mein Thermohemd und die Jacke wieder an.

»Prima«, sagte Scott. »Gut für dich. Es wird dir guttun, zur Abwechslung auch mal zu jemand anderem nett zu sein. Ich weiß nicht, ob dir das schon mal aufgefallen ist, aber in der letzten Zeit konzentrierst du dich ganz schön auf dich selbst. Du stresst dich nur wegen dieser Wissenschaftspräsentation und redest nie mal über was anderes oder hast mal Spaß. Wer ist denn an Halloween nicht bei Süßes oder Saures mitgegangen? Und dann, ist dir klar, dass du nicht ein einziges Mal zu uns reingekommen bist, um zu sehen, an was Anthony und ich arbeiten?«

»Kann sein, vielleicht hast du ja recht. Ich war in der letzten Zeit total gestresst. Woran arbeitest du denn? Von Anthony weiß ich's, er arbeitet an seinem Lottodings.«

»Ich sag dir nicht, woran ich arbeite, aber ich glaube, du wirst von meinem Projekt beeindruckt sein.«

Der Bus hielt, wir stiegen aus, gingen ins Schulgebäude und zu unserem Klassenzimmer. Als wir es betraten, bemerkte ich, dass andere aus der Klasse ebenfalls das Go-Gooz-Shirt trugen. Ich hängte meine Jacke über den Haken in meinem Spind und setzte mich an meinen Tisch. Die Morgendurchsagen waren noch nicht gekommen, und alle waren noch irgendwie beim Bleistiftspitzen oder Quatschen. Anthony setzte sich an seinen Tisch vor mir.

»Hallo Keith«, sagte er. »Tut mir leid, dass wir dir bis heute Morgen nichts von der Gooz-Geschichte erzählt haben. Aber du warst so auf die Präsentation ausgerichtet, dass wir dich nicht stören wollten.« Ich wäre fast vom Stuhl gefallen. Hatte Anthony mich Keith genannt und sich im nächsten Satz auch noch entschuldigt?

»Danke, Anthony. Es ist nett, dass du das sagst. Von dem Jungen, Gooz, hab ich noch nichts gehört, aber ich denke, es ist ganz schön cool, dass ihr Jungs das getan habt. Ihr habt ja sogar für Mr Cherub einen Go-Gooz-Schlips besorgt.«

»Ja«, sagte er lächelnd. »Ist der nicht geil? Gooz gefällt das bestimmt.«

Es klingelte, und die täglichen Durchsagen fingen an.

Ich startete mit meiner Vormittagsarbeit. Zum ersten Mal seit Langem fühlte ich mich locker, doch ich dachte auch immer wieder an Emma. Und ich hatte ein schlechtes Gewissen, weil ich mir in den letzten Wochen so wenig Zeit für sie genommen hatte.

Daher beschloss ich, das Labor heute auszulassen und gleich nach Hause zu gehen.

Da bekam ich die erste Duftwolke mit.

»Komm schon, Anthony«, sagte ich, hielt mir

die Nase zu und sah mich im Klassenzimmer nach Unterstützung um.

»Keith, bitte warte mit dem Reden, bis die Durchsage zu Ende ist«, sagte Mr C. Die anderen schauten mich an, als dächten sie, ich wäre es gewesen.

»Ich war das nicht«, verkündete ich der Klasse. »Ich hab *Süße Fürze* erfunden, wisst ihr noch? Das war Anthony.«

»Keith, erinnerst du dich noch, wie du neulich gesagt hast, du hättest das ganze Getue satt und würdest *Süße Fürze* jetzt nicht mehr nehmen?«, sprudelte es aus Anthony heraus.

»Nein«, beharrte ich, »das warst du.«

»Keith, wir alle wissen, dass du *Süße Fürze* erfunden hast, weil deine Fürze so eklig sind. Gib es doch einfach mal zu. Deine Blähungen sind fürchterlich. Es ist doch okay, das jetzt zu gestehen.« Er drehte sich auf seinem Stuhl um, sah mich an und grinste von einem Ohr zum anderen.

Es war wie früher.

Ich erstarrte. Ich spürte diese nervöse Anspannung in mir aufsteigen, und bekam kein Wort heraus. Schließlich sagte Mr C: »Jungs, ihr seid in diesem Jahr recht gut miteinander ausgekommen. Lasst uns das jetzt nicht an Gooz' großem Tag kaputtmachen.« Die Klasse fing an zu kichern. Nach der

Art, wie mich alle anblickten, konnte ich nicht sagen, ob sie nur dachten, ich hätte gefurzt, oder ob noch irgendwas anderes im Busch war. Zu viele Leute guckten mich an. Irgendetwas war los.

Mehr gab es zwischen Anthony und mir nicht zu sagen. Ich jedenfalls stand weitgehend über der ganzen Sache. Wenn die Klasse immer noch dachte, ich wäre derjenige, der die ganze Zeit furzte – meinetwegen.

»Bitte stellt euch für die Turnhalle auf«, sagte Mr C. *Gott sei Dank*, dachte ich. Vielleicht konnte ich ein bisschen von dem Frust loswerden, wenn ich in der Turnhalle rumrannte. Und wenn ich Glück hatte, war heute Völkerballtag, und ich könnte Anthony eine reinsemmeln.

Ich sah zu, dass ich am Ende der Reihe war, möglichst weit weg von Anthony.

Mr Elliott, unser Sportlehrer, begrüßte uns am Eingang der Halle. Es war seine Masche, jeden persönlich zu begrüßen, wenn man durch die Tür kam.

»Hi Mary«, sagte er. »Hi Jennifer. Guten Morgen, Paul« – und dann passierte es. Ich kam gleich hinter Paul, und als ich an Mr Elliott vorbeikam, der ein Go-Gooz-Shirt trug, sagte er ziemlich laut und deutlich: »Ich werde dich anfeuern, Gooz«, und gab mir einen harten Sportlehrerklaps auf den Rücken.

Dann rannte er los und pfiff auf seiner Pfeife, um alle auf sich aufmerksam zu machen.

»Heute machen wir einen Ernährungstest!« Er hielt uns eine Schachtel mit Stiften und eine Handvoll Blätter mit einem Lückentext hin. »Daher müsst ihr heute in der Turnhalle leise sein, während ihr die Blätter ausfüllt. Tut mir leid.«

Ich spürte, wie es in mir kochte. Eine ganze Reihe von den anderen blickte zu mir, und sie kicherten in sich hinein. Warum hatte Mr Elliott mich gerade Gooz genannt?

Alle setzten sich auf den Boden, und Mr Elliott teilte die Testbögen und die Stifte aus.

Ich versuchte, mit Anthony oder Scott Blickkontakt zu bekommen, doch keiner von beiden schaute in meine Richtung. Dann kam Mr Elliott schließlich zu mir.

»Mr Elliott«, flüsterte ich, als ich mein Blatt nahm.

»Ja, Keith?«, flüsterte er zurück.

»Warum haben Sie mich Gooz genannt, als ich reingekommen bin?«

Er lächelte und sagte: »Als Anthony und Scott mir gestern das Shirt gegeben haben, sagten sie, das hieße Furz auf Farsi. Furz ist dein neuer Spitzname, oder?«

»Farsi?«, fragte ich.

»Ja, ich glaube, das sprechen die Menschen in Pakistan.« Er deutete auf mein T-Shirt und lächelte. »Ich bin so gespannt auf deine nächste Erfindung«, sagte er ernst. Dann wandte er sich an die Klasse und rief: »Go Gooz!«

Sofort wiederholte die Klasse unter lautem Gekicher: »Go Gooz! Go Gooz!«

Irgendetwas in mir ging in die Luft, genauso, wie man es im Fernsehen sieht, wenn Gebäude gesprengt werden. Im einen Augenblick sind sie noch da, und im nächsten explodieren sie zu Staub. Ich bin hochgegangen wie noch nie. Ich sprang auf, rannte schnurstracks auf Anthony zu und versuchte, mich im Hechtsprung auf ihn zu stürzen. Im letzten Moment bewegte er sich schnell nach links, und ich flog im hohen Bogen in das Gestell mit den Basketbällen hinter ihm.

19

Das Gespräch

Nach einem schnellen Besuch im Zimmer der Schulkrankenschwester, um Eis für die Beule auf meinem Kopf zu bekommen, ging ich durch den Flur zum Büro des Rektors. Mr Michaels stand schon in der Tür, und als er mich kommen sah, winkte er mich in sein Zimmer.

»Setz dich, Keith«, sagte er. »Was genau ist eigentlich mit dir los, junger Mann? Mr Elliott sagt, du hättest beim Sportunterricht deinen Freund Anthony angegriffen.«

»Ich bin wegen der Präsentation echt gestresst, und dann gehen die Jungs hin und ziehen diese Sache mit Go Gooz gegen mich ab. Sogar Sie tragen ja einen Go-Gooz-Schlips, Mr Michaels. Wie soll ich denn damit klarkommen?«

»Keith, deine Freunde machen nur ein bisschen Spaß auf deine Kosten, aber sie haben das Herz auf dem rechten Fleck. Außerdem ist das wunderbar für die Stimmung an der Schule. Die T-Shirts, die deine Firma gestiftet hat, haben viel dazu beigetragen, alle wegen der Wissenschaftspräsentation anzufeuern. Ich überlege sogar, Anthony und Scott einen Preis für die Verbesserung der Atmosphäre an der Schule zu verleihen, weil sie dich mit dem, was sie machen, so unterstützen.«

»Mich unterstützen? Die beiden quälen mich seit Wochen, und Sie wollen den Jungs auch noch einen Preis verleihen? Das ist wirklich klasse. Wissen Sie was? Machen Sie nur so weiter. Das passt alles zusammen.« *Vielleicht sollten wir von den beiden auch noch ein Denkmal aufstellen, wie sie mit dem Finger auf mich zeigen und lachen*, dachte ich.

»Keith, versuch mal, locker zu sein. Du bist nur noch wenige Wochen davon entfernt, der Welt deine nächste große Erfindung zu präsentieren. Versuch doch einfach, dich darüber zu freuen. Ob du das nun verstehst oder nicht, deine Freunde sind auf deiner Seite. Manchmal nehmen wir gar nicht wahr, wie wichtig Freunde für uns sind, auch wenn sie uns zum Wahnsinn treiben.«

»Nein«, sagte ich und stand auf. »Ich weiß genau, was ich von meinen Freunden zu halten habe. Ohne sie wäre ich besser dran.«

»Da stimme ich dir nicht zu. Ich denke, dass deine Freunde dich zur Höchstform antreiben, aber du magst das Gefühl nicht.«

»Ich würde aber das, was sie machen, auf keinen Fall ermutigend nennen.«

»Ich kann nur sagen, du musst die Menschen nehmen, wie sie sind, und das Beste daraus machen. Wenn du so reagierst, hören sie vielleicht damit auf, dir solche Streiche zu spielen wie jetzt. Und da du selbst der Einzige bist, der bei deinem Ausbruch im Sportunterricht verletzt worden ist, belasse ich es bei einer Verwarnung. Aber es ist besser, du hältst deinen Frust unter Kontrolle, Goozer«, sagte er und spielte mit seinem Schlips.

Ich dankte Mr Michaels, auch wenn ich nicht wusste, wofür, und ging zurück zum Klassenzimmer. Bevor ich reinging, zog ich mein Go-Gooz-Shirt aus und warf es in den Abfalleimer.

20

Kartoffeln

Nach der Schule fuhr ich mit dem Bus gleich nach Hause. Den ganzen Tag hatte ich mit Scott und Anthony kein Wort mehr gewechselt. Mindestens hundertmal bin ich Gooz oder Goozer genannt worden.

Im Bus war es nicht anders. Als ich gerade aussteigen wollte, sagte Mrs Grimp: »Denk dran, sei morgen rechtzeitig da. Okay, Gooz?« Ich feuerte nur einen Blick auf sie ab, als ich die Stufen hinunterstieg.

Ich ging durch die schneebedeckte Straße zu unserem Haus und fühlte mich so richtig scheiße. Es war schlimm genug, dass die Präsentation schneller kam als der Blitz, doch noch schlimmer war die Art, in der mich alle behandelten.

Ich machte die Haustür auf und rannte zu meinem Zimmer hoch. Schon an der Tür kamen mir die Tränen. Ich ließ mich auf meinen Knautschsack fallen und heulte wie verrückt los. Da war ich nun zehn Jahre alt und benahm mich wie meine kleine Schwester heute Morgen.

Ich war total neben der Spur. Irgendwie musste ich einen Weg finden, wieder auf die Reihe zu kommen. Bei der Geschwindigkeit würde ich es bis zur Präsentation nicht schaffen. Bis zum Ende der Woche würde ich mich in meinem Schrank verstecken.

»Was ist los, Kumpel?«, hörte ich meinen Dad fragen.

»Aber Liebling, geht es dir nicht gut?«, fügte meine Mom hinzu.

»Oh, mir geht es ganz großartig«, sagte ich unter Tränen. »Ich bin so ziemlich die größte Lachnummer der ganzen Schule, und nach der Präsentation bin ich die Lachnummer für die ganze Welt!« Ich konnte es gar nicht fassen, wie sehr ich weinen musste. Es war, als wäre ich wieder drei Jahre oder so.

Meine Eltern setzten sich beide auf den Boden neben mich. »Das kommt wieder in Ordnung, Keith«, sagte meine Mom mit weicher Stimme. »Du findest bestimmt eine Möglichkeit, da wieder rauszukommen. Das war schon immer so bei dir.«

»Weißt du noch«, fügte mein Dad hinzu, »ein paar Wochen vor der letzten Präsentation schien auch alles total finster zu sein, und du hast es durchgezogen.«

»Ja, großef Brudef, du findest noch was raus«, hörte ich es unter meiner Bettdecke hervortönen. Emma. Ich setzte mich auf und wischte mir die Tränen aus den Augen.

»Warum bist du in meinem Bett?«, fragte ich.

»Ich war die ganze Zeit hier drin«, sagte Emma und schob sich die Decke vom Kopf. »Heute Morgen hab ich Bauchweh gehabt, und Mommy hat mich zu Hause bleiben lassen. Ich wollte auf dich warten.«

»Du hast sie den ganzen Tag zu Hause bleiben lassen?«, fragte ich meine Mom.

»Ja, ich hab mir Sorgen wegen ihr gemacht. Sie hat schwach gewirkt und sich nicht wohl gefühlt. Ich wusste nicht, was ich sonst hätte machen sollen.«

»Mom, du kannst sie doch nicht zu Hause bleiben lassen, wenn sie Schule hat und den ganzen Tag nur Süßigkeiten oder Chips isst. Emma, hast du heute außer Süßigkeiten und Chips schon was gegessen?«, fragte ich.

»Ja«, meinte sie stolz.

»Echt? Was denn?«, fragte ich aufgeregt und wischte mir die letzten Tränen aus den Augen.

»Kartoffeln«, sagte sie.

»Klasse, Emma. Kartoffeln sind echt gut für dich.«

»Keith«, unterbrach mich meine Mom, »es waren Marzipankartoffeln.«

21

Die Abmachung

Mom und Dad gingen aus dem Zimmer und nach unten in die Küche, um das Abendessen vorzubereiten, das Emma bestimmt nicht essen würde. Ich blieb in meinem Zimmer und versuchte, am Computer zu arbeiten. Emma spielte auf dem Boden mit ihrer Frisierpuppe. Beim Spielen sprach sie mit sich selbst, und ich war überrascht, wie unglaublich niedlich sie klang.

»Dein Haar ist völlig durcheinander, Suzie. Es ist gut, dass du zu unserer Vorabverredung gekommen bist.« Sie meinte natürlich Verabredung. Dann tat sie so, als würde sie der Puppe die Haare mit ihrer Spielzeugschere aus Plastik schneiden.

Ich schaute auf meinen Bildschirm. Ich konnte es nicht fassen, dass ich immer noch im Problemblock der wissenschaftlichen Methode steckte. Das Wort *Problem* funkelte mich an, als wollte es mich verspotten. Als würde es sagen: »Du traust dich ja nicht, über ein Problem nachzudenken. Du bist kein Wissenschaftler. Beim letzten Mal hast du einfach nur Glück gehabt.«

»Emma«, fragte ich, »was würdest du für die Wissenschaftspräsentation machen, wenn du an meiner Stelle wärst?«

»Das ist einfach«, sagte sie, ohne zu zögern. »Ich würde etwas erfinden, das Hühnchen wie Zuckerstangen schmecken lässt.«

Das war es! Meine kleine Schwester hatte gerade das Problem gelöst. Ich hatte mich selbst damit verrückt gemacht, die Sache auf der Welt zu finden, die mich am meisten beunruhigte, und die ganze Zeit war sie direkt vor meiner Nase. Die Sache, die mich am meisten auf der ganzen Welt beunruhigte, war schließlich die Tatsache, dass meine Schwester nichts essen wollte.

»Emma, du bist ein Genie!«

»Ich weiß«, sagte sie, als wäre das die selbstverständlichste Sache auf der Welt.

Die Idee war wie aus dem Nichts gekommen. Im einen Moment hatte ich keine Ahnung, was mein Projekt sein könnte, und dann, den Bruchteil einer Sekunde später, lag es glasklar vor mir. Ich machte mich daran, den Rest der wissenschaftlichen Vorgehensweise zu schreiben.

Problem / Fragestellung:
Kann ich etwas erfinden, das ein Nahrungsmittel riechen und schmecken lässt wie ein anderes Nahrungsmittel? Zum Beispiel: Kann ich Hühnchen so schmecken lassen wie Zuckerstangen?

Dann klickte ich mich ins Internet und gab die Suchworte ein: »Gesunde Nahrungsmittel, Kinder, hassen, nicht essen …«

Ich las einen ganzen Haufen darüber, wie gesund es für Kinder ist, Leber zu essen. Sie enthält jede Menge Vitamine und Mineralien und ist super eklig. Daher beschloss ich, mit Leber anstatt mit Hühnchen zu experimentieren.

Ich würde nach einer Möglichkeit suchen, den scheußlichen Geschmack von Leber so zu ändern, dass sie so lecker wie Zuckerstangen schmeckte. Die Zuckerstangen wählte ich deshalb, weil meine kleine Schwester sie lieber mochte als alles andere sonst. Jedes Jahr kann sie es kaum erwarten, bis sie in den Handel kommen, was meistens gleich nach Halloween passiert.

Ich löschte die Hühnchen und ersetzte sie durch Leber. Dann schrieb ich weiter.

Hypothese:
Ich glaube, ich kann etwas erfinden, das Leber so verändert, dass sie wie Zuckerstangen schmeckt.

Mir war klar, dass es mehr sein musste als nur irgendein Zusatzstoff. Es musste etwas sein, das Leber tatsächlich so veränderte, dass sie wirklich nicht mehr nach Leber schmeckte.

Diese Idee war ideal. Alle Eltern haben Schwierigkeiten damit, kleine Kinder dazu zu bringen, gesunde Nahrung zu essen. Die Aufgabe würde darin bestehen, eine Möglichkeit zu schaffen, Nahrungsmittel nicht nur zu aromatisieren. Diese Erfindung müsste das Essen so grundsätzlich verändern, dass Kinder den alten, schlechten Geschmack einfach vergessen konnten.

Hilfsmittel:
Emma, ein paar Pfund Leber und etwas, das den Geschmack von Leber in den von Zuckerstangen verwandelt.

Vorgehensweise:
Ich werde Leber auf einige verschiedene Arten verändern mit dem Ziel, dass sie wie Zuckerstangen schmeckt. Die veränderte Leber gebe ich meiner kleinen Schwester zu essen, und sie gibt mir dann Rückmeldung über den Geschmack.

Ergebnisse:

Die konnte ich jetzt noch nicht aufschreiben, weil ich nicht wusste, was passieren würde.

Ich hörte auf zu schreiben. »Emma, morgen kommst du mit mir ins Labor.«

»Wirklich? Versprochen?«

»Versprochen. Die einzige Bedingung ist nur, dass du niemandem sagen darfst, an welchem Experiment ich arbeite, und du musst jetzt gleich mit mir kommen und dein Abendessen futtern.«

Ich erklärte ihr die Idee, und sie war total aufgeregt. Sie war einverstanden, heute Abend zu essen, und zum ersten Mal seit wer weiß wie langer Zeit kam meine kleine Schwester mit nach unten und aß zu Abend. Sie wirkte, als würde sie nach wenigen Minuten wieder aufgeben, sagte mindestens hundertmal »Das ist grässlich«, und einmal fing sie sogar an zu weinen, aber sie aß. Mom und Dad sahen fassungslos zu. Als Emma fertig war, sagte sie zu mir: »Wir haben eine Abmachung.«

»Ja«, bestätigte ich, »wir haben eine Abmachung.«

»Wovon redet ihr beide?«, fragte Mom. »Wie in aller Welt hast du Emma dazu gebracht, endlich zu essen? Ich bin völlig verblüfft! Emma, ich bin so stolz auf dich! Keith, wie hast du das gemacht?«

»Vertrau mir, Mom«, meinte ich. »Vertrau mir einfach.«

22

Keine gute Sache ist jemals einfach gewesen

Am nächsten Tag fuhren Emma und ich gleich zum Labor. Wir kamen dort vor allen anderen an. Ich wollte nicht, dass irgendjemand wusste, woran ich mit Emma arbeitete. Ich hatte mit Mr Carson, einem der Wissenschaftler aus Mr Gonzales' Labor, vereinbart, dass er uns schon früh abholen sollte.

Als wir dann im Labor waren, sagte ich: »Okay, Mr Carson, ich weiß jetzt endlich, welchen Versuch ich durchführen möchte.«

»Es geht doch nichts über Warten bis zum letzten Augenblick!« meinte er. »Mr Gonzales hat sich langsam schon Gedanken wegen dir gemacht.«

»Ich hab gedacht, er wäre nicht erreichbar, wenn er fort ist. Heißt das, Sie haben mit ihm gesprochen?«

»Natürlich. Glaubst du denn, ein Mann von solcher Bedeutung würde wegfahren, ohne in Verbindung zu bleiben? Verstehst du eigentlich, Keith, wie bedeutend er ist?«

»Das verstehe ich schon, nur hatte er mir gesagt, er wäre nicht erreichbar.«

»Nicht erreichbar für dich. Er wusste, dass du ihn anrufen und um Hilfe bitten würdest, wenn du ihn erreichen könntest. Er wollte, dass die neue Idee von dir stammte, wie es auch beim letzten Mal der Fall war. Gut, und welche Idee hast du nun? Wir haben nicht alle Zeit der Welt.«

Emma und ich verbrachten die nächste Stunde damit zu erklären, welche Schwierigkeiten sie hatte, normal zu essen. Ich erklärte, dass ich nicht einfach nur Nahrungsmittel aromatisieren wollte. Ich wollte Nahrungsmittel so verändern, dass ihr normaler Geschmack überhaupt nicht mehr rauszuschmecken war, ihr Nährwert aber trotzdem erhalten blieb.

»Ich bin nicht sicher, ob ich alles verstanden habe«, sagte er.

Ich wurde so deutlich wie möglich. »Sagen wir, Emma isst beispielsweise ein Stück Leber.«

Emma verzog das Gesicht.

»Ich möchte die Leber nach Struktur, Geruch und Geschmack so vollständig verändern, dass sie denkt, sie würde ein Stück von einer Zuckerstange essen.«

Ein gute Minute lang blickte mich Mr Carson einfach nur an, und dann sagte er: »Wir könnten mit dem molekularen Aufbau von Nahrungsmitteln experimentieren und versuchen, ihn so zu verändern, dass es demjenigen, der etwas isst, die Illusion vermittelt, er äße etwas anderes.«

Er hielt kurz inne und sagte dann: »Faszinierend ... Du bist vielleicht wirklich ein großer wissenschaftlicher Geist, Keith. Du sprichst von der Molekulargastronomie. Es gibt viele berühmte Chefköche, die sie in vornehmen Restaurants in der ganzen Welt bereits einsetzen. Ich weiß nicht, ob sich einer von denen schon damit beschäftigt hat, Lebensmittel so zu verändern, dass sie Kindern besser schmecken. Wenn du das jahrhundertealte Problem lösen kannst, dass Kinder ihr Essen nicht mögen, wäre das eine ziemlich bedeutende Entdeckung. Ohne Druck würden meine Kinder nur Hot Dogs und Pizza essen. Das wird nicht einfach sein, aber keine gute Sache ist jemals einfach gewesen. Unser größtes Problem ist jetzt, dass wir nur noch eine Woche haben, bis Mr Gonzales zurückkommt.«

23

Das Interview vor der *Helen Winifred Show*

Am Wochenende vor Mr Gonzales' Rückkehr in die Stadt kamen ein paar Leute von der *Helen Winifred Show*, um Aufnahmen von unserer Familie zu Hause, meiner Schule und von mir im Labor zu machen.

Schon die ganze Woche zuvor war meine Mom ein totales Wrack. Dreimal ging sie zum Friseur, zur Maniküre, zur Pediküre und was es sonst noch gab. Emma begleitete sie und hatte hinterher eine total schicke Frisur. Beide bekamen völlig neue Klamotten.

Dann kriegte Mom eine E-Mail von einem der Produzenten der Show mit dem Inhalt, dass sie es gern hätten, wenn unsere Familie sich anzog und benahm wie normalerweise sonst auch. Sie wollten einen Eindruck von unserer Familie an einem durchschnittlichen Wochentag bekommen.

Nach dieser E-Mail knallte Mom fast völlig durch. »Die wollen sehen, wie wir an einem normalen Tag sind? Die wollen sehen, wie wir an einem normalen Tag sind? Wir sind an einem normalen Tag überhaupt nicht normal!«, hörte ich sie in der Küche zu meinem Dad sagen, während ich mein Essen am Tisch zu Ende aß.

»Das wird schon alles klargehen«, meinte mein Dad. »Emma isst wieder. Und Keith scheint wegen seines Projekts viel ruhiger zu sein. »Du hast eine Idee, stimmt's, Sohn?«, rief er zu mir rüber.

Ich stand vom Tisch auf und ging in die Küche. »Ja, schon, und ich glaube, die ist außerdem noch ziemlich gut. Ich weiß nur nicht, ob genügend Zeit bleibt. Die gute Nachricht ist, dass Emma mir hilft.«

»Was meinst du damit? Wie soll Emma dir helfen?«, fragte Mom.

»Ich möchte es nicht verraten, aber sagen wir mal, es wird dir gefallen.«

»Wenn Emma weiterhin isst, ist es mir egal, was es ist, ich werde es mögen.«

»Sie sind da! Sie sind da!« Emma kam in die Küche gerannt.

»Okay, alle bitte so normal wie möglich. Ich bin sicher, die Leute suchen nach einer Gelegenheit, uns so aussehen zu lassen, als wären wir ein bisschen verrückt«, sagte Mom.

»Das wird schon klargehen, Mom, entspann dich.«

Wie kam ausgerechnet ich dazu, jemanden zu beruhigen, dachte ich.

Emma rannte zur Haustür. »Wer ist da?«, fragte sie.

»Debbie Francis, Produzentin der *Helen Winifred Show* aus New York«, antwortete eine Stimme.

Emma öffnete die Tür und verbeugte sich theatralisch.

Debbie Francis sagte: »Meine Güte! Bist du aber ein niedliches kleines Mädchen!«

Emma machte einen Knicks und ließ einen fahren, so laut, dass ich dachte, die Augen würden Debbie Francis aus dem Kopf springen.

Hinter ihr stand ein Kameramann, der seine Kamera direkt auf Emma gerichtet hielt.

»Guten Tag und willkommen in dem Haus, das Furz gebaut hat«, verkündete Emma. »Furz ist der Spitzname von meinem Bruder, aber Sie können ihn auch Gooz nennen. Das heißt Furz auf Farsi.«

»Na, das war vielleicht eine Begrüßung«, erwiderte Mrs Francis und versuchte, ihr Lachen zu unterdrücken. Mein Dad schnappte sich Emma und beförderte sie irgendwo ins Haus, sonst wohin, nur weg.

»Es tut mir schrecklich leid«, sagte meine Mom, deren Nerven total flatterten. »Emma ist in diesen Tagen nicht sie selbst, wegen der Aufregung mit

Keith Erfindung von *Süße Fürze* und weil das Fernsehen zu uns nach Hause kommt. Bitte entschuldigen Sie.« Sie wandte sich an den Kameramann. »Bitte löschen Sie das. Ich flehe Sie an.«

»Tut mir leid, Mrs Emerson«, antwortete der. »So was passiert nur einmal im Leben. Helen Winifred wird das sehr gefallen!«

»Ach du liebe Zeit«, sagte meine Mom und wechselte zu einer tiefrosa Gesichtsfarbe.

»Entspann dich, Mom«, flüsterte ich. Dann wandte ich mich an Mrs Francis. »Hi, ich bin Keith Emerson. Bitte kommen Sie rein. Meine Mutter hat gerade eine leichte Gehirnerweichung. Aber es geht ihr gleich wieder gut.«

»Danke schön«, sagte Mrs Francis. Sie kam rein und setzte sich auf die Couch im Wohnzimmer. Der Kameramann fragte, ob er herumgehen und im Haus Videoaufnahmen machen könnte. Ich sagte ihm, das ginge in Ordnung. Mom saß auf der Couch neben mir. Es war, als hätte sie so eine Art Schock bekommen. Sie lächelte nur, sagte kein Wort und lächelte einfach nur immer weiter. Aus ihrem Zimmer konnte ich Emma rufen hören: »Wo ist denn das Problem? Fufzen ist das Familienunternehmen!«

Dieses Familieninterview hier wird wohl noch ganz allein mit mir geführt, dachte ich.

Das Interview vor der Show war ziemlich schrecklich. Mom sagte nichts, und Emma schrie immer weiter irgendwas über das Familienunternehmen. Ich glaube, Mrs Francis bekam den Eindruck, dass es für ein Interview keine so besonders gute Zeit war, denn nach rund einer halben Stunde gingen sie und der Kameramann wieder. Ich sagte ihnen, ich würde sie dann etwas später im Labor treffen. Sie bedankten sich und zogen los, um der Schule einen Besuch abzustatten und dann dem Labor. Ich blieb zu Hause, um Mom zu helfen, den Kopf wieder klarzubekommen.

24

Mr Gonzales kommt zurück

In der nächsten Woche kam Mr Gonzales endlich von seiner Reise zurück. Als ich am Montag im Labor eintraf, unterhielt er sich mit Mr Carson in meinem Raum. Als ich hineinging, hörten sie auf zu reden und drehten sich zu mir um.

»Hi, Keith. Ich habe gerade mit Mr Carson gesprochen, und ich bin sehr interessiert an deiner Idee. Ich denke, du bist mit deinem Projekt aus der molekularen Gastronomie wirklich an was dran. Ich wünschte nur, du wärst etwas früher darauf gekommen. Innerhalb von nur einer Woche ist es ziemlich schwer, einen nennenswerten Fortschritt zu erreichen.«

»Ich weiß«, sagte ich.

»Ich hab schon verstanden, dass du und Mr Carson in der letzten Woche sehr hart gearbeitet habt, als ihr mit verschiedenen Methoden experimentiert habt, Leber so zu verändern, dass sie nach Zuckerstangen schmeckt und riecht. Wir haben einen kleinen Geschmackstest vorbereitet, der in ein paar Minuten stattfinden kann, um zu sehen, welchen Fortschritt ihr gemacht habt. Zeig mir doch in der Zwischenzeit, wie du vorhast, deine Ergebnisse festzuhalten.«

Ich setzte mich an meinen Computer und rief die Dateien auf, an denen ich die ganze Woche mit Mr Carson gearbeitet hatte. »Okay«, sagte ich. »Wie ich es bei *Süße Fürze* gemacht habe, benutze ich einen Bewertungsbogen, um den Geschmack der Nahrungsmittel auf einer Skala von 1 bis 4 zu bewerten.«

Über meine Schulter hinweg las Mr Gonzales die Rubrik.

Zuckerstangen-Leber-Rubrik:

4 = *Leber schmeckt genau wie eine Zuckerstange.*
3 = *Leber schmeckt überwiegend wie eine Zuckerstange, hat aber noch ein paar Eigenschaften von Leber.*
2 = *Leber schmeckt leicht wie eine Zuckerstange, aber hat noch viele Eigenschaften von Leber.*
1 = *Leber schmeckt wie Leber. Überhaupt nicht wie eine Zuckerstange.*

»In Ordnung. Es scheint so, als hättest du dir immerhin schon ein paar Gedanken gemacht. Wen hast du als Testperson vorgesehen?«

»Ich wollte die Geschmacksversuche mit meiner Schwester machen, da sie diejenige war, die in erster Linie die Idee aufgebracht hat.«

»Deine kleine Schwester hat die Idee gehabt?«, fragte er erstaunt.

»Ja, schon, tut mir leid. Ich weiß, sie sollte eigentlich von mir kommen. Es war nur so, dass sie Probleme hatte, was Gesundes zu essen, und ich hab mir langsam echt Sorgen um sie gemacht. Da hab ich mir überlegt, dass ich ihr vielleicht helfen könnte, wenn ich das hier mache.«

»Keith, es ist gar nichts falsch daran, eine solche Idee von seiner kleinen Schwester zu bekommen. Wissenschaftler müssen auf ihre Umwelt hören, wenn sie darauf aus sind, Erfindungen zu machen, die die Menschen tatsächlich brauchen und auch nutzen können. Ich bin nur verblüfft, dass ein so junger Mensch mit einer so erstaunlichen Idee gekommen ist.«

»Ja, also, meine Schwester ist schon was ganz Besonderes.«

»Ich hab gehört, dass auch ihre Klasse was ganz Besonderes ist. Und wenn ich mich nicht irre, dann fährt sie gerade vor.« Durch das Fenster konnte ich einen Bus auf den Parkplatz des Labors einbiegen sehen. Ich blickte zu Mr Carson.

»Du hast nicht viel Zeit und musst so schnell wie möglich Zahlenmaterial sammeln. Ich habe Mr Gonzales vorgeschlagen, dass wir Emmas Klasse für einen Test einladen. Los, drucke jetzt mal dreißig Kopien deines Bewertungsbogens aus und greif dir irgendwo einen Haufen Buntstifte. Die Kinder haben bestimmt Hunger.«

»Wir sind noch nicht so weit«, erinnerte ich ihn.

»Die Zeit wartet auf niemanden, Keith. Das hier ist dein erster Versuch. Irgendwo musst du anfangen. Weißt du noch, die fünfzig Scheiben Leber, die wir letzte Woche verändert haben? Die sind in der Kühltruhe. Hol sie her. Wollen doch mal sehen, ob der große Keith Emerson es mal wieder geschafft hat.«

25

Ein Klassiker

Ich kam mit einem riesigen Tablett voller Zuckerstangenleber aus den Laborräumen und sah Emma mit ihrer gesamten Klasse an Tischen sitzen, die auf dem Basketballfeld aufgestellt waren. Die Kinder waren so laut, dass ich es kaum glauben konnte. Emma sah mich und rannte auf mich zu, um mich zu umarmen. Ich musste das Tablett mit der veränderten Leber auf einem der Tische abstellen.

»He, Emma, das ist aber eine Überraschung. Bist du aufgeregt, die Leber zu probieren, an der ich arbeite?«

»Klar bin ich das«, sagte sie begeistert. »Ich hab meiner ganzen Klasse erzählt, dass du ein verbessertes Essen füf alle gemacht hast.«

»Weißt du, Emma, ich arbeite erst seit einer Woche daran. Ich weiß nicht, ob es schon funktioniert.«

Emma zeigte mit den Fingern auf mich, als würde sie einen Revolver abschießen, und ließ einen fahren. »Emma, du musst wirklich deine Gase unter Kontrolle halten. Denk dran. Wir haben darüber gesprochen. Du kannst in der Schule nicht einfach so Gas ablassen.«

»Ich will es aber nicht kontrollieren«, erwiderte sie. »Heute hab ich Essiggurkenduft genommen. Das ist ein Klassiker, Keith. Viel Spaß.« Strahlend ging Emma an ihren Platz zurück.

Mir fiel etwas an Emmas Klasse auf, auf das ich nicht vorbereitet war. Ich merkte es, sobald ich anfangen wollte, zu ihnen zu sprechen.

Als ich über das Spielfeld ging und versuchte, ihre Aufmerksamkeit zu gewinnen, roch ich fast jeden Duft von *Süße Fürze*, den es gab. Diese Kinder hielten absolut gar nichts zurück. Während ich dann sprach, donnerten einige Kinder einfach los, so laut, wie es ihnen gefiel. Es machte ihnen gar nichts aus.

Ich sah Emmas Lehrerin an, aber die zuckte nur mit den Schultern. »Wegen *Süße Fürze* haben diese Kinder keinerlei Probleme, wann immer sie wollen, ihre Blähungen abzulassen. Wir haben alles versucht, sie dazu zu bringen, damit aufzuhören, aber das hat nicht geklappt!«, rief sie mir über den Lärm hinweg zu.

Als ich darüber nachdachte, schoss mir ein Gedanke durch den Kopf. Benjamin Franklin hatte 1781 gesagt, wenn es jemand schaffen würde, menschliche Gase angenehm riechen zu lassen, würde das Ausstoßen von Gas nicht schlimmer sein als Niesen. Und als ich nun diesen Haufen von furzenden Kindern sah, wurde mir klar, dass er recht hatte. Diese Kinder wussten es nicht besser. Sie fanden, dass Furzen Spaß machte und nichts war, weshalb man sich schämen sollte. Ich war nicht sicher, wie ich das finden sollte, aber die Kinder wirkten jedenfalls echt so richtig glücklich.

»Keith!« Mr Gonzales zeigte auf die Uhr. »Wir sollten loslegen. Die Kinder müssen in rund einer Stunde zu Hause sein.«

Mr Carson sah mich an und zuckte mit den Schultern. *Also los, das wird schon schiefgehen*, dachte ich.

»Hi, alle zusammen.«

»Hi Furz«, antworteten sie einstimmig.

»Ich heiße Keith und bin Emmas großer Bruder. Wir haben euch heute hierher eingeladen, weil wir an einer Erfindung arbeiten, die den Geschmack von allem Essen, das ihr nicht mögt, in den Geschmack von Essen umwandelt, das ihr gern mögt.« Großer Beifall.

Ein kleiner Junge hinten auf dem Spielfeld hob die Hand.

»Ja?«

»Ich hasse Erbsen«, verkündete er.

»Okay«, erwiderte ich. »Und was noch?«

»Das war's. Ich kann Erbsen einfach nicht ausstehen.«

»Oh, danke, dass du uns das mitgeteilt hast. Und jetzt …«

Praktisch alle Hände gingen gleichzeitig hoch. Ich deutete auf ein kleines Mädchen, das vorne neben meiner Schwester saß.

»Ich mag kein Steak«, gab sie bekannt.

»Das tut mir leid«, sagte ich. »Ich bin sicher, dass ihr alle etwas wisst, das euch überhaupt nicht schmeckt, und deshalb habe ich versucht, diese Erfindung zu machen. Heute werden wir etwas Leber essen.«

Von allen Seiten kam es laut: »Bah!« und »Eklig!«

»Die meisten Kinder können Leber wirklich nicht ausstehen, und da hab ich gedacht, sie wäre das perfekte Essen, um damit etwas auszuprobieren. Mein Freund Mr Carson und ich geben euch jetzt etwas, das aussieht wie Leber, aber wenn alles gut gegangen ist, schmeckt es wie Zuckerstangen.« Eigentlich hatte ich die Leber auch so verändern wollen, dass sie aussah wie eine Zuckerstange, aber so weit waren wir noch nicht gekommen. Mr Carson und ich gingen jetzt herum und gaben jedem Kind einen Teller mit einem Stück veränderter Leber darauf.

Alle verzogen das Gesicht und meinten, das würde widerlich aussehen.

Dann hielt ich einen Bewertungsbogen hoch und sagte den Kindern, dass sie eine Bewertung von 1 bis 4 vergeben sollten, nachdem sie das Essen probiert hätten. Ich war mir nicht sicher, ob sie mich verstanden hatten, auch wenn sie alle eifrig nickten. »Ich zähle jetzt bis drei, und dann probieren alle. Und los geht's: Eins, zwei, drei. Probiert!«, rief ich.

Kein Kind nahm seine Gabel, alle schauten mich nur an.

Emma durchbrach das Schweigen. »Das sieht so eklig aus.«

»Ich weiß, dass es eklig aussieht, aber es sollte eigentlich toll schmecken. Kommt schon, vertraut uns. Versucht es mal!«

Ein winziges Kerlchen aus der Mitte der Gruppe verkündete: »Ich mach es.«

»Das ist Ronnie«, unterbrach meine Schwester. »Er bohrt in der Nase und isst das dann.«

»Mach ich nicht!«, schrie Ronnie zurück.

»Du isst die Popel!«, beharrte Emma.

»Mensch, Emma!«, sagte ich. »Das ist nicht besonders nett. So was soll man nicht über andere Leute sagen. Tut mir leid, Ronnie. Magst du weitermachen und es versuchen?«

Langsam nahm Ronnie seine Gabel auf. Dann stieß er sie in das Stück Leber, hob die Gabel langsam bis an seine Nase und schnupperte daran. Er zögerte ziemlich lange. Man hätte eine Stecknadel fallen hören können. Alle Augen waren auf Ronnie gerichtet. Schließlich nahm er einen kleinen Bissen.

Im selben Moment, in dem er die Leber im Mund hatte, spuckte er sie auch schon wieder aus. Sie flog im hohen Bogen über den Tisch und landete in den Haaren eines kleinen Mädchens.

Sie sprang sofort auf, rannte über das Basketballfeld und versuchte, das Stückchen Leber aus ihren Haaren zu kriegen. Die übrige Klasse explodierte lautstark, alle sprangen auf, rasten in der Halle herum und taten so, als würden sie sich Essensreste aus den Haaren pflücken.

Über das irre Getobe hinweg blickte ich zu Mr Gonzales, der mit den Lippen die Worte formte: *Du hast eine Woche*. Ich holte tief und lange Luft. Das würde nicht einfach werden.

26

Gefällt es dir?

Die Woche vor der Präsentation war nicht besonders angenehm. Etwa in der Mitte der Woche beschloss meine Schwester, dass sie nichts mehr von meinen Sachen für die Wissenschaftspräsentation essen würde. Sie meinte, sie wären so schlecht, dass sie lieber etwas von den normalen Speisen probieren würde, was sie dann auch tat. Jeden Abend in dieser Woche arbeiteten Mr Carson und ich bis tief in die Nacht. In der Schule hatte ich das Gefühl, ich wäre gar nicht da.

Wir forschten nach den vielen Möglichkeiten, mit denen raffinierte Küchenchefs immer wieder einen erstaunlichen neuen Geschmack schufen. Wir benutzten Geräte, die die Molekularstruktur von Leber und Zuckerstangen maßen. Mr Carson hatte einen ganzen Haufen seltsamer Kochgerätschaften liefern lassen, mit denen wir Stunde um Stunde experimentierten. Ein paarmal war ich mir sicher, wir stünden kurz davor, Zuckerstangenleber zu erschaffen, aber wir bekamen es dann doch nicht richtig hin. Egal, was wir machten, ich konnte immer noch Leber schmecken.

Am schwersten war es, dass die Forschungsarbeiten für mich so kompliziert und anspruchsvoll waren. Ich war einfach nicht genügend ausgebildet, um ein so kompliziertes Problem in Angriff zu nehmen. Doch es war das, was meine Schwester wollte, also versuchte ich es weiter.

Der Tag der Präsentation war ziemlich schlimm. Mr Michaels hatte mir direkt am Eingang der Schule einen speziellen Platz zugewiesen, an dem ich mein Projekt präsentieren sollte. Hinter mir gab es ein Banner mit einem riesigen Bild von mir, auf dem ich ein Päckchen *Süße Fürze* hielt. Darunter stand: »Keith Emerson, Erfinder des internationalen Verkaufsschlagers *Süße Fürze*!« Und dann war die ganze Geschichte aufgeführt, wie ich *Süße Fürze* erfunden hatte.

Ich war völlig erschöpft, hatte die ganze Nacht durchgearbeitet. Ich glaube, irgendwann bin ich auf einem Stuhl im Labor eingeschlafen, doch ich konnte mich nicht richtig erinnern. Ich wusste nur, dass ich jede Menge Leber gegessen hatte.

Zu Beginn der Präsentation war mein Stand vollgepackt mit Menschen. Doch dann wurde es ziemlich schnell ruhig, als die Leute merkten, dass ich bloß eine Idee hatte, über die ich reden konnte, aber keine konkrete Erfindung. Ich hatte ein paar Stücke der verschiedenen Versionen unserer Zuckerstangenleber ausgelegt, die wir zubereitet hatten. Ein Kind probierte davon und spuckte es sofort wieder aus. »Dein Projekt ist eklig«, versicherte es mir.

Ein paar Stände weiter auf dem Flur war Anthonys Projekt aufgebaut. Den ganzen Tag lang war sein Stand belagert. Ich war erstaunt, wie viel Arbeit er sich gemacht hatte. Da gab es Grafiken und Tabellen und einen großen Computerbildschirm mit Bildern von ihm bei der Arbeit im Labor. Unermüdlich sprach er über seine Theorien und über die Muster, die er bei den Lottozahlen gefunden zu haben glaubte. Der Kerl kann vielleicht reden! Ich beobachtete ihn, als er wie ein Wasserfall darüber sprach, dass er ziemlich sicher war, bald den Jackpot zu knacken.

Dann auf einmal fiel mir auf, dass ich Scott ja noch gar nicht gesehen hatte. Ich beschloss, herumzugehen und ihn zu suchen. Seit er und Anthony sich getrennt hatten, hatte er echt ein totales Geheimnis aus seinem Projekt gemacht. Ich ging durch die ganze Schule und fand ihn schließlich in unserem

Klassenzimmer. Das heißt, ihn konnte ich nirgends entdecken, aber auf seinem Tisch war sein Versuch aufgebaut. Der bestand aus zwei großen Wasserflaschen, eine über der anderen. An den Öffnungen waren sie mit Klebeband zusammengeklebt, und die eine der Flaschen war halb voll mit gefärbtem Wasser. Ich konnte es nicht fassen. Er hatte das klassische Faulpelzexperiment gemacht. Den Tornado in der Flasche!

»Gefällt es dir?«, fragte er hinter mir.

»Das kann doch nicht dein Ernst sein. Ich bin in den letzten beiden Monaten fast total durchgedreht, und du machst den Tornado in der Flasche! Wie lange hast du dazu gebraucht?«

»Ich hab's heute Morgen zusammengeschustert«, sagte er stolz. »Meine Mutter musste mir nur dabei helfen, die Flaschen zu halten, während ich sie mit dem Band zusammengeklebt hab.«

»Was hast du in den letzten Wochen gemacht?«

»Ich hab mir einen Schlagtrainer angeheuert. Er hat mit mir vor der Wurfmaschine an meinem Schwung beim Schlag gearbeitet. Im Frühjahr werde ich den Ball zerschmettern.«

27

Die *Helen Winifred Show*

Nach der Präsentation drängten wir uns alle in einen großen Wagen, den Mr Gonzales organisiert hatte. Er saß bereits drin, als wir abgeholt wurden. »Na, wie ist es gelaufen?«, fragte er.

»Sie wissen doch, wie es gelaufen ist. Da waren all diese Leute, die bei der Präsentation so viel von mir erwartet haben, und ich hab sie enttäuscht. Es war total peinlich.«

»Aber das macht doch nichts, Keith. Du hattest einen erstaunlichen Erfolg mit *Süße Fürze*. Du bist jetzt ein Wissenschaftler. Du musst dir klarmachen, dass für einen Wissenschaftler auch der Fehlschlag dazugehört. Weißt du, ich hatte weitaus mehr Fehlschläge als Erfolge. Dir wird immer mal was misslingen, aber du darfst nicht aufgeben. Zumindest weißt du jetzt, was du nicht machen sollst, wenn du mit deiner Forschung fortfährst.«

»Was meinen Sie mit fortfahren? Die Wissenschaftspräsentation ist vorbei.«

»Die Wissenschaftspräsentation mag vorbei sein, aber die Wissenschaft ist es nicht. Du hast großartige Ideen, und du schuldest es dir, deiner Familie, mir und Benjamin Franklin, weiter an ihnen zu arbeiten.«

Ich holte tief Luft. »Ich war ganz sicher, dass Sie mich aus dem Labor rausschmeißen.«

»Nein, Keith, das Labor gehört dir. Du und deine Freunde können es benutzen, wenn ihr das für angebracht haltet. In einer bestimmten Weise bist du eines meiner Experimente. Ich sehe etwas in dir. Du ziehst es vor, dich mit deiner Familie und deinen Freunden zu umgeben. Ich muss darauf vertrauen und zusehen, wohin dich das bringt.« Dann drehte er sich um und blickte Scott an. »Wenn du allerdings nächstes Jahr wieder so eine Nummer abziehst wie heute, bis du draußen. Hast du das verstanden, Scott?«

»Ja, Mr Gonzales«, sagte Scott und nickte.

Während der Fahrt zur *Helen Winifred Show* war ich gleichzeitig besorgt und erleichtert – besorgt, weil ich ins Fernsehen sollte und erklären musste, warum ich bei meinem wissenschaftlichen Versuch gescheitert war, und erleichtert, weil die Präsentation vorbei war. Es waren ein paar harte Wochen gewesen. Jetzt war ich glücklich, einfach dazusitzen und aus dem Fenster zu schauen.

Als wir schließlich in New York City ankamen, saß ich kurz darauf bei der *Helen Winifred Show* backstage und wartete, dass ich an die Reihe kam. *Eigentlich habe ich da draußen auf der Bühne nichts zu suchen*, dachte ich. Ich hatte nichts, über das ich wirklich reden konnte. Mein Experiment war ein Flop.

Genau da kam eine Frau mit Headset und einem Klemmbrett herein und gab mir ein Zeichen, dass es Zeit wäre loszugehen. Ich spürte, wie mir die Brust eng wurde. Ganz plötzlich wurde mir mein Atmen bewusst. Als ich aufstand, wurde mir ein bisschen schwindelig, und mein Bauch war voller Schmetterlinge.

Ich folgte der Frau durch einen langen Flur, in dem lauter Bilder mit all den berühmten Leuten hingen, die Helen Winifred schon interviewt hatte. Der Gang schien endlos weiterzuführen, und beinahe wünschte ich, dass es so wäre, damit ich es niemals bis auf die Bühne schaffen würde. Doch dann kamen wir an eine Tür. Ein blinkendes Licht darüber verkündete: »Livesendung«.

Meine Mom hatte Helen Winifred praktisch an

jedem Tag meines Lebens gesehen, und ich hatte nie darüber nachgedacht, dass die Show keine Aufzeichnung war, sondern eine Livesendung. Doch jetzt wurde mir plötzlich klar, dass es live in die ganze Welt hinausging, wenn ich einen Fehler machte oder mir etwas Peinliches passierte.

Die Dame mit dem Headset öffnete die Tür und bedeutete mir mitzukommen. Ich hörte zuerst nur das Publikum. Es war richtig laut. Dann kam Helen Winifreds Stimme: »Mein nächster Gast ist ein zehnjähriger Junge aus Long Island, New York. Im letzten Schuljahr ist ihm eine Erfindung gelungen, die die Welt verändert hat.«

Die Frau mit dem Headset hob die Hand als Zeichen für mich, stehen zu bleiben. Durch einen Vorhang vor mir konnte ich Helen Winifred sehen. Ich konnte auch die Menge der Mütter sehen, die jedem ihrer Worte lauschten. »Meine Großmutter hat immer gesagt: ›Wenn du meinst, etwas im Leben stinkt, dann bring's in Ordnung!‹«, sagte sie. »Also, meine Großmutter wäre sehr stolz auf diesen jungen Mann hier gewesen, weil er genau das getan hat. Bitte begrüßen Sie Keith Emerson, den Erfinder von *Süße Fürze*!«

Das Publikum klatschte, und ich konnte Scott und Anthony pfeifen und johlen hören, als wären sie bei einem Fußballspiel. Sie saßen gleich in der ersten Reihe, zusammen mit meinen Eltern, Emma, Oma und Mr Gonzales.

Ich schüttelte Helens Hand und saß dann neben ihr auf dem großen Sofa. »Hallo Keith«, sagte Helen.

»Hallo«, antwortete ich nervös.

»Ich habe zu meiner Zeit ja auch schon einige gute Spitznamen gehört, aber jetzt habe ich gehört, dass du ein paar hast, die den Vogel abschießen.«

Das gab's doch nicht. Würde sie jetzt wirklich in aller Öffentlichkeit über meine Spitznamen reden?

»Also, ich entschuldige mich im Vorhinein für das, was wir jetzt machen werden. Ich hoffe, du bist kein Spielverderber. Wir haben deine Mom gefragt, und die hat gemeint, du wärst einverstanden.« Ich blickte zu meiner Mom, und die antwortete mit einem unheilvollen Lächeln. *Oh nein*, dachte ich, *jetzt zahlt sie mir die ganzen peinlichen Situationen heim, in die ich sie mit der Erfindung von* Süße Fürze *gebracht hab.*

Genau in diesem Moment wurden die Lichter gedimmt, und die Gameshow-Musik setzte ein. Helen sagte: »Wir spielen jetzt ein kleines Spiel mit dem Publikum. Jeder Zuschauer hat ein elektronisches Gerät, mit dem er die Multiple-Choice-Fragen mit A, B, C oder D beantworten kann. Ich stelle die

Fragen, Sie wählen Ihre Antwort, und die Zahlen werden sofort auf dem Schirm hinter uns angezeigt. Sind Sie bereit?«

Ich war total schockiert. Passierte das wirklich? War mein Leben gerade zu einem kompletten Witz für jeden geworden? Und warum ließ Mom das zu? Oma schrie über den Lärm des Publikums: »Lasst uns spielen!«

Helen fing an zu lachen. Das ist deine Großmutter, oder?«

»Ja«, sagte ich, am Boden zerstört.

»Nun, Sie haben die Frau gehört. Lasst uns darum spielen, welcher Keith' Spitzname ist!« Die Musik schwoll an und verstummte dann, als Helen von den Karten in ihrer Hand ablas. »War Keith' Spitzname letztes Jahr in der Schule (A) Staub, (B) S.B.D, also Silent But Deadly, (C) Der Bestrafer oder (D) Luftkacka?«

Die Leute im Publikum kicherten wie verrückt und blickten auf ihre elektronischen Geräte nieder. Die Zahlen wurden sofort auf dem Bildschirm hinter Helen und mir angezeigt, und Helen las die Ergebnisse vor. »63 Prozent waren für Luftkacka-, 37 Prozent waren für S.B.D., 8 Prozent waren für Der Bestrafer, und nur 2 Prozent waren für Staub.« Das Publikum johlte.

Ich muss auf dem Sofa recht unbehaglich ausgesehen haben, denn Helen fragte: »Ist mit dir alles in Ordnung? Ich weiß, das ist bestimmt nicht so angenehm für dich. Wir wollten einfach nur ein bisschen Spaß haben. Deine Freunde sagten uns, du würdest deine Freude daran haben.«

»Mir geht es gut«, sagte ich. »Irgendwie bin ich daran gewöhnt. Meine Freunde haben die Angewohnheit, mich immer wieder in peinliche Situationen zu bringen.«

»Ich habe eine Menge über diese Spitznamen gehört. Welche Geschichte steckt dahinter? Und welcher ist bei dem Spiel der richtige Spitzname?«

»Also normalerweise bin ich S.B.D. genannt worden.« Das Publikum drehte langsam durch.

»Alle, die auf S.B.D. getippt haben, werden einen Jahresvorrat an *Süße Fürze* mit nach Hause nehmen«, verkündete Helen.

Die Frauen brachen in ein ohrenbetäubendes Beifallkreischen aus.

Ich wartete, bis sie sich wieder beruhigt hatten, und fuhr dann fort: »Sie haben mich S.B.D. für Silent But Deadly genannt, weil alle dachten, ich würde im Klassenzimmer furzen, auch wenn ich es nie war. Und so ist das mit *Süße Fürze* ins Rollen gekommen, und dann haben sie mich schlicht und einfach Furz genannt. Und ganz zuletzt haben sie Gooz bevorzugt, das heißt Furz auf Farsi.«

Helen versuchte, nicht zu lachen, doch sie konnte es nicht unterdrücken. »Das ist schrecklich … für dich … und für uns wirklich lustig. Das sind schon ganz schön harte Spitznamen, schwer damit umzugehen, wenn man sie hat. Darf ich dich Gooz nennen? Weil mir der Name richtig gut gefällt – aber ich verstehe, wenn du das nicht magst.«

»Nur zu, und viel Spaß«, sagte ich. Das Publikum johlte wieder, und zum ersten Mal seit langer Zeit fühlte ich mich entspannt, live im Fernsehen und überall.

»So, verlassen wir mal den Schwerpunkt Fürze für einen Augenblick. Was war dieses Jahr dein Projekt? Ich weiß, dass es viel Erwartung und Aufregung darüber gegeben hat, was du als Nächstes erfinden würdest. Hast du den Geruch von Erbrochenem verbessert? Viele Leute haben gedacht, das wäre deine neue Idee.«

Ich blickte zu meiner Familie und lächelte. »Nein, wir hatten zwar daran gedacht, daran zu arbeiten, haben uns aber nach einem etwas unglückseligen Experiment im Labor dagegen entschieden.« Ich blickte meinen Dad an, der leicht würgte und sich die Hand vor den Mund hielt.

»Okay, was hast du also dann gemacht?«

»Na ja, Helen. Ich hab mich drangemacht, ein Mittel für Kinder zu finden, die nicht gern gesunde Nahrung essen. Meine Schwester wollte nicht essen, und so hab ich versucht, ein Verfahren zu erfinden, um widerliche Nahrungsmittel wie etwas Leckeres schmecken zu lassen. Also, wenn ein Kind zum Beispiel Leber isst, dann probiert es sie, und dann schmeckt das Kind ein ganz anderes Lebensmittel, möglicherweise Zuckerstangen, kriegt aber die Nährstoffe von Leber.«

»Wow, das ist ganz schön cool. Und wie ist das ausgegangen?«

»Ich hab's nicht geschafft. Ich hab versagt.« Das Publikum stieß ein langes »Oooohhh« aus.

»Also, sag das nicht«, ermutigte mich Helen. »Es gibt nicht so schrecklich viele Zehnjährige, die von sich sagen können, dass sie so etwas wie *Süße Fürze* erfunden haben, das auf der ganzen Welt verkauft wird, und ein eigenes Labor haben, in dem sie arbeiten können.« Das Publikum jubelte mir zu und klatschte. Ich fühlte mich ziemlich gut, konnte aber das Gefühl nicht loswerden, irgendjemanden enttäuscht zu haben.

»Ich hab gehört, du hast deine eigene Firma. Wie heißt sie, und wer sind deine Mitarbeiter?«

»Also, unser Name ist …« Ich blickte zu meiner Familie, und der Name kam mir einfach so: »*Süße Fürze Incorporated*, und die Leute, die da arbeiten, sind außer mir mein Dad, meine Freunde Scott und Anthony und meine Oma.« Oma stieß aus irgendeinem Grund ein lautes »Jaha!« aus. »Und ich bin stolz, unsere neueste Mitarbeiterin bekannt zu geben, meine kleine Schwester Emma. Ohne sie hätte ich in diesem Jahr keine Idee für ein Experiment gehabt. »Komm schon, Emma, steh auf«, sagte ich zu ihr.

Wieder ließ sich das Publikum hören: »Aaaahhh.«

Emma stand auf. »Wirklich?«, fragte sie lauter als der Beifall.

»Ja«, sagte ich. »Du hast es verdient, Emma. Jetzt bist du offiziell im Familienunternehmen.«

Es war schön zu sehen, wie stolz Emma war.

In diesem Moment kletterte Anthony auf seinen Sitz, streckte sein Handy in die Luft und schrie: »Ich hab's geschafft! Ich hab's geschafft!«

»Anthony!«, brach es aus mir heraus. »Wir sind hier live im Fernsehen.«

»Ich weiß, aber ich hab grad den Jackpot geknackt! Ich hab 178 Millionen Dollar gewonnen. Ich bin reich, Mann! Reich, sag ich dir!« Er umarmte Scott, und die beiden hüpften auf ihren Sitzen auf und nieder.

»Wer ist dieser Junge?«, unterbrach Helen.

»Das ist mein Freund Anthony. Sein Experiment war der Versuch, Zahlenmuster beim Lotto zu finden.« Ich wandte mich an Anthony. »Komm schon, hör auf, hier rumzuspinnen.«

»Ich hab grad eine E-Mail mit den Gewinnzahlen

bekommen. Ich hab gewonnen, Mensch. Du siehst ein Genie vor dir!«, schrie er. Das Publikum drehte jetzt völlig durch.

»Na, Gooz«, sagte Helen, unter den Jubelschreien gerade noch zu verstehen, »es sieht so aus, als wäre deine Firma auf dem richtigen Weg.«

»Ich denke schon«, sagte ich. »Ich denke, das sind wir.«

28

Das Dankeschön

Nach der Show saßen wir alle backstage, und Helen Winifred kam in meine Garderobe, um sich zu verabschieden.

»Du warst wirklich kein Spielverderber da draußen und hast mitgemacht, Keith. Ich finde, was ihr Jungs da abzieht, ist ziemlich erstaunlich. Ich wünsche *Süße Fürze Incorporated* für die Zukunft viel Glück.« Sie wandte sich an Anthony. »Gratulation für deinen Lottogewinn. Das ist fantastisch. Nächstes Jahr müssen wir euch beide wieder einladen, um über eure wissenschaftlichen Projekte zu sprechen.« Dann wandte sie sich an Mom. »Ich möchte mich bei Ihnen bedanken, dass Sie Ihren Sohn ausgehalten haben, während er *Süße Fürze* erfunden hat. Ich gebe die meinem Hund, und ich sage nur, es ist nötig.«

Sie machte ein Foto von uns allen und verabschiedete sich. Dann gingen wir alle durch den Flur auf den Ausgang zu. Wir waren gerade an Helen Winifreds Garderobe vorbeigekommen, als mir auffiel, dass Oma weit hinter uns zurückgeblieben war. Als sie an Helens Garderobe vorbeikam, schlüpfte sie für einen Augenblick hinein und kam dann wieder heraus.

Im Auto saß Oma neben mir. »Ich bin so stolz auf dich, Keith. Du warst da drin so ein richtiger Gentleman. Ich finde, du solltest dich jetzt selbst ganz schön großartig finden.«

»Danke, Oma. Ich hab gesehen, dass du dich auf dem Weg nach draußen schnell in Helens Garderobe geschlichen hast. Warum?«

»Ach, ich wollte nur ein kleines Dankeschön auf ihren Tisch legen. Das ist alles.«

29

Und dann schließlich …

An diesem Abend gingen wir alle ins Labor. Wir bestellten uns einen Haufen Pizzas und hingen einfach rum. Scott und Anthony spielten in ihren schicken Klamotten Basketball. Mr Gonzales und Mr Carson saßen an einem Tisch, tranken Kaffee und unterhielten sich. Emma war auf einem der Sofas eingeschlafen, und Oma werkelte mit irgendwas in der Küche rum.

Ich saß auf dem Sofa Emma gegenüber, meine Mom auf der einen und mein Dad auf der anderen Seite.

»Das hast du heute wirklich gut auf die Reihe gekriegt, Keith«, sagte Mom.

»Ja, das muss ich sehr anerkennen, mein Sohn. Du hast dich in den letzten Monaten mit viel rumschlagen müssen, und ich weiß nicht, ob ich das geschafft hätte.«

»Danke, Dad. Schön, dass du das sagst.«

»Kein Problem, Söhnchen«, meinte er. Dann hob er seine linke Pobacke und ließ einen fahren, den längsten und lautesten Furz, den ich jemals gehört hab. Er dauerte und dauerte und wurde immer lauter. Und als ich dachte, er würde jetzt aufhören, ging er doch noch weiter, so lange, dass es eine Ewigkeit schien. Emma fuhr voller Entsetzen aus dem Schlaf hoch, Scott und Anthony blieben wie angewurzelt stehen, und Mr Gonzales und Mr Carson blickten fassungslos auf. Als der Furz schließlich aufhörte, war es in der Halle totenstill. Dad blickte stolz wie ein Pfau um sich und verkündete: »Meine Damen und Herren, Sie hörten die Version mit Verstärker.« Er stand auf und verbeugte sich.

»Geil!«, schrie Anthony vom Basketballfeld herüber.

»Liebling, das war jetzt gleich in mehrerer Hinsicht ungehörig«, sagte Mom, während sie zur anderen Seite der Halle ging. »Hast du damit all deine freie Zeit in den letzten Monaten verbracht?«

»Ich will auch einen Verstärker«, quengelte Emma.

»Vielleicht zu deinem Geburtstag, Schätzchen«, sagte mein Vater amüsiert.

In dem Moment kam Oma rein, als wäre nichts passiert. Sie brachte einen Karton mit, den sie auf einem der Tische abstellte. Und dann fing sie damit an, kleine grüne und orangene Blöcke herauszunehmen und sie auf dem Tisch aufzustapeln.

»Oma, du hast es geschafft!«, rief ich.

»Oh, ja, hab ich, Goozer, mein Junge. »Ja, hab ich.«

Als ich da so eingeklemmt zwischen meiner Mutter und meinem Vater auf dem Sofa saß und den ersten Bissen von einer eckigen Birne aß, wurde mir etwas bewusst. Erstens, ich mochte eckige Birnen.

»Geil, Oma!«, sagte ich. Sie zwinkerte mir nur zu und schälte weiter eine eckige Orange.

Zweitens, die Leute, die mich in den letzten beiden Monaten so gefrustet hatten, waren dieselben Leute, für die ich in diesem Moment höchst dankbar war. Sicher, Scott und Anthony hatten mich total verrückt gemacht und dafür gesorgt, dass ich eine schwere Zeit hatte, doch ich wüsste nicht, was ich ohne sie machen sollte. Klar, sie sind schrecklich albern, aber jeder braucht mal was Albernes in seinem Leben.

Oma lebt unbestreitbar in ihrer eigenen Welt, doch sie ist mir eine solche Stütze. Ganz egal, was ich tue oder denke, sie hält es für das Beste.

Ich bin so glücklich, dass ich sie habe.

Und was Emma betrifft – sie ist halt immer noch ein kleines Kind. Wenn überhaupt, dann schulde ich ihr eine Entschuldigung dafür, dass ich für all die *Süße-Fürze*-Verrücktheiten gesorgt hab, als sie noch so jung war. Ich bin so ziemlich dafür verantwortlich, dass sie sich in ein Furzmonster verwandelt hat.

Ich kann nur hoffen, dass wir, wenn wir älter werden, auch lernen, das Labor für etwas zu nutzen, dass auch sie wirklich mag.

Und meine Eltern? Also meine Eltern sind die besten. Treiben sie mich manchmal zum Wahnsinn? Ja klar! Machen sie mir das Leben schwer? Darauf kannst du wetten. Doch letztendlich wollen sie, dass ich meine Sachen gut mache, und sind auf meiner Seite, egal was passiert. Mal im Ernst: Wie viele Moms würden ihrem Sohn erlauben, mit Fürzen zu experimentieren?

Am Ende war ich der Einzige neben Scott, der dieses Jahr nicht irgendeine große Erfindung gemacht hatte.

Omas eckige Früchte eroberten im ganzen Land die Supermärkte im Sturm, besonders nachdem sie in der *Helen Winifred Show* gezeigt wurden. Es stellte sich heraus, dass das Dankeschön, das Oma auf Helens Tisch zurückgelassen hatte, eine eckige Birne zusammen mit Omas Handynummer war.

Anthony erweiterte schließlich unsere Räumlichkeiten beim Labor. Er ließ einen Pool einbauen, den er, soweit ich weiß, ausschließlich für Arschbomben nutzt. Völlig überraschend hat er zwanzig Prozent seines Geldes für eine Wohltätigkeitseinrichtung meiner Wahl gespendet. Ich war regelrecht schockiert darüber, dass Anthony so liebenswürdig sein konnte. Je besser ich den Typ kennenlerne, desto überraschender wird er. Es heißt: »Beurteile ein Buch nie nach dem Einband«, und Anthony hat mir eindeutig beigebracht, dass dieser Spruch stimmt. Wer hätte schon gedacht, dass sich hinter diesem Gassack ein mathematisches Genie versteckt?

Es hat sich weiterhin herausgestellt, dass er auch am Computer gut ist. Er hat die Webseite www.sweetfartsinc.com aufgebaut, damit die Leute in der Schule damit aufhören, uns mit ihren Fragen zu nerven, an welchen Projekten wir gerade arbeiten. Dank Anthony posten wir nun ein Update auf der Seite, wenn wir etwas Neues angehen.

Als wäre das nicht genug, hat er auch noch den Menschen von der Lottogesellschaft geholfen, die Muster zu verstehen, die er gefunden hatte. Sie beschlossen, zu den Zahlen auch noch Buchstaben hinzuzufügen. Anthony meinte, das würde es für die Leute noch schwieriger machen, Muster zu finden, wie er es konnte.

Emma isst weiterhin gesund, auch wenn ich keine Möglichkeit gefunden habe, Leber in Zuckerstangen zu verwandeln. Jeden Tag erinnert sie mich daran, dass wir eine Abmachung haben, und jeden Tag gehe ich ins Labor und versuche, mein Versprechen einzulösen.

Es ist irgendwie erstaunlich, was *Süße Fürze Incorporated* erreicht hat. In einer wissenschaftlichen Zeitschrift wurden wir als die überraschendste wissenschaftliche Firma des Jahres vorgestellt. Ich denke mal, so eine Firma wie unsere ist schon ziemlich einmalig. Ich weiß noch, wie ich gedacht hab, ich wäre der Einzige in dieser Gruppe, der eine Ahnung davon hatte, was es bedeutet, ein Außenseiter zu sein. Letzten Endes war ich derjenige, der keine Ahnung hatte. Ich hatte gedacht, meine Firma würde aus einem Haufen Zitronen bestehen, doch als ich diese Zitronen zusammenbrachte, bekam ich Limonade. Der Spruch gilt immer noch: Wenn dir das Leben Zitronen gibt, mach Limonade daraus.

Zitronen und Limonade, meine Freunde, Zitronen und Limonade …

Danksagung

Meine Frau Stacy nennt die *Süße-Fürze*-Bücher »schlaue Bücher mit albernen Titeln«. Ich mag ihre Formulierung, weil sie das erfasst, was ich zu schaffen gehofft hatte. Ich bin sehr glücklich darüber, dass sie mein Schreiben nicht nur erträgt, sondern mich auch zum Schreiben bringt. Nicht jede Frau unterstützt ihren Mann, wenn er ein Buch über das Furzen schreibt!

Stacy, ich danke dir für deine nie endende Unterstützung und deinen erstaunlichen Sinn für Humor!

Einen RIESIGEN Dank an meine Kinder Ethan und Chloe, die mich jeden Tag daran erinnern, wie lustig es ist, ein Kind zu sein.

Einen Dank auch an meinen Bruder Paul, der jeden Schritt meiner Laufbahn als Autor mit Ratschlägen und Rückmeldung begleitet hat. Ebenfalls einen Dank an Mapleton Hill Media für die vielfältige Hilfe bei allen technischen Dingen. Einen Dank an meine Mutter für ihre lächerlich überschäumende Begeisterung für meine Bücher. Du bist richtig süß. Und ein Dank an Pete und Pat für ihre Unterstützung.

Ein Dank an alle bei Booksurge, jetzt Createspace, für Unterstützung und Hilfe beim Schreiben des ersten *Süße-Fürze*-Buches. Ihr alle habt meine Erwartungen in jeder Phase des Selbst-Verlegens übertroffen. Besonderer Dank an Jenny Legun, Tara Schuley, Tom Kephat, Laura Bonam und Abby Harris.

An alle, die das lesen und daran denken, selbst ein Buch zu verlegen:

Setzt euch jetzt in Verbindung mit Createspace! Ihr werdet froh sein, das getan zu haben.

Einen Dank an Jeff Bezos, der einen Weg für selbstverlegende Autoren entwickelt hat, ein größeres Publikum zu erreichen. Dank den erstaunlichen Leuten bei AmazonEncore, besonders Alex Carr, der meine Vision eines zweiten *Süße-Fürze*-Buches geteilt und daran geglaubt hat. Er hat mich aus den vielen selbst verlegten Büchern herausgefischt, und ich bin ihm dankbar.

Ein Dank auch an euch, Sarah Tomashek, Sarah Gelman und Vicky Griffith für alles, was ihr getan habt, um *STINKER* und *LECK MICH* jungen Lesern nahezubringen. Auch dir einen Dank, Rhalee Hughes, für die Hilfe dabei, Wahrnehmung und Interesse an der *Süße-Fürze*-Serie zu steigern. Rhalee hat total verstanden, dass ich versucht habe, zögerliche Leser dadurch zu erreichen, dass ich die Leser unterhalte und dabei Unterstützung von Lehrern und Eltern erhalte.

Dank auch an Taryn Fagerness, dafür, dass er einen unbekannten Autor angenommen und seine Bücher über den Großen Teich geschickt hat. Danke Taryn, dass du ganz von Anfang an an die Bücher geglaubt und geholfen hast, dass *Süße Fürze* Leser auf der ganzen Welt erreicht.

Einen Dank an Tim Dilow von Brilliance Audio für sein Interesse an *Süße Fürze.* Ich kann es kaum erwarten, die Hörbuchversion zu hören.

Und Dank an die vielen Lehrer, Leser und Eltern, die zur Unterstützung von *Süße Fürze* E-Mails und Besprechungen geschrieben haben.

Und schließlich ein Dank an alle Schüler, die jemals zu mir gesagt haben: »Ich kann nichts finden, das ich lesen mag.« Schon als ich ein Kind war, habe ich davon geträumt, ein Autor zu sein. Danke für die Anfeuerung, diesen Traum Wirklichkeit werden zu lassen. Zitronen und Limonade, meine Freunde, Zitronen und Limonade.